《贵族之家》

　　《贵族之家》是俄国贵族阶级"黄金时代"的挽歌。小说主人公拉夫列茨基曾经满怀理想、婚姻美满。不料家庭突遭变故,他与妻子瓦尔瓦拉离开俄国去到法国。妻子的背叛令他绝望,于是他返回俄国,回乡隐居。善良纯真的少女丽莎抚慰了拉夫列茨基的心灵创伤,瓦尔瓦拉去世的传闻使拉夫列茨基看到了幸福的曙光。然而,突然出现的瓦尔瓦拉终结了拉夫列茨基和丽莎的热恋。懦弱的拉夫列茨基向瓦尔瓦拉妥协。得到经济支持的瓦尔瓦拉回到欧洲继续放荡的生活,万念俱灰的丽莎走进了修道院,拉夫列茨基将全部精力投入庄园事务,致力于改善农奴待遇。

　　《贵族之家》以拉夫列茨基的生平际遇为明线,勾勒了俄国贵族的兴衰史,发出了"怎么办?"的呐喊。拉夫列茨基是十九世纪四十至五十年代中期贵族知识分子的代言人,在重大社会问题上与民主主义者基本一致。可贵的是,拉夫列茨基能够跳出自己的贵族局限,在平民知识分子中发现希望,期盼在平民知识分子当中产生推进社会事业的"新人"。

　　《贵族之家》是屠格涅夫创作中艺术上最严整、最优美的长篇小说,在人物、结构、题材等方面极大地影响了俄罗斯文学的发展。

Дворянское
гнездо

贵族之家

[俄] **屠格涅夫** 著

磊然 译

人民文学出版社

据 И.С. Тургенев. Собрание сочинений в двенадцати томах. Том 2. (М.: Гослитиздат, 1954) 译

图书在版编目（CIP）数据

贵族之家／（俄罗斯）屠格涅夫著；磊然译．— 北京：人民文学出版社，2023
（屠格涅夫长篇小说）
ISBN 978-7-02-018236-7

Ⅰ.①贵… Ⅱ.①屠… ②磊… Ⅲ.①长篇小说－俄罗斯－近代 Ⅳ.①I512.44

中国国家版本馆 CIP 数据核字（2023）第 174999 号

责任编辑	李丹丹
装帧设计	陶　雷
责任印制	张　娜

出版发行	人民文学出版社
社　　址	北京市朝内大街166号
邮政编码	100705
印　　刷	北京盛通印刷股份有限公司
经　　销	全国新华书店等
字　　数	148千字
开　　本	850毫米×1168毫米　1/32
印　　张	9.75　插页8
印　　数	1—4000
版　　次	1991年7月北京第1版
印　　次	2023年10月第1次印刷
书　　号	978-7-02-018236-7
定　　价	78.00元

如有印装质量问题，请与本社图书销售中心调换。电话：010-65233595

一个晴朗的春日将近黄昏,小小的玫瑰色云朵高悬在晴空,云朵似乎不是飘过,而是渐渐隐入蓝天深处。

在省城O①市近郊的一条街上,有一座漂亮的房子,它那大开着的窗前,坐着两个女人(这是一八四二年的事):一个大约五十来岁,另一个已经是七十高龄的老妇人了。

第一位名叫玛丽亚·德米特里耶夫娜·卡利京娜。她的丈夫已经于十年前逝世。他曾任省检察官,当时是一个出名的能干人。他办事敏捷,果断,容易发怒而且固执己见。他受过相当良好的教育,进过大学,但是因为出身贫寒,所以很早就懂得为自己开辟前程和积攒财

① 俄文字母,发音类似英文字母"O"。——编者注

富的必要。玛丽亚·德米特里耶夫娜和他是恋爱结婚：他长得不难看，为人聪明，在他高兴的时候，还非常和蔼可亲。玛丽亚·德米特里耶夫娜（娘家姓佩斯托娃）幼年父母双亡，在莫斯科一所贵族女子中学里读了几年书，从学校回来以后，就在离Ｏ市五十俄里的、祖传的波克罗夫斯基村跟姑姑和哥哥住在一起。哥哥不久被调往彼得堡供职，直到猝然的死亡结束他的公务生涯为止。他对待他的妹妹和姑姑很不好，让她们过着苦日子。玛丽亚·德米特里耶夫娜继承了波克罗夫斯基村那份产业，但是在那里没有久住。在她和卡利京（他在几天之内就征服了她的心）结婚的第二年上，波克罗夫斯基村就被用来换了另一处庄园，这处庄园的进项虽然要大得多，但是既不美观，又没有花园。卡利京同时又在Ｏ市买下一座房子，就和妻子在那里定居下来。这幢房子有一座大花园，花园的一端直通城外的田野。"这样一来，"对幽静的乡居生活毫无兴趣的卡利京作出决定说，"就不必常常跑到乡下去了。"玛丽亚·德米特里耶夫娜怀念她那美丽的波克罗夫斯基村，怀念那里的欢快的小溪、广阔的草地和苍翠的灌丛，心里常常感到惋惜；但是她对丈夫一向是百依百顺，崇拜他的聪明才智和对世事的练达。他和她结婚十五年后，撇下了一子二女，就与世长辞了。这时玛丽亚·德米特里耶夫娜对她的住宅和城市生活已经十分习惯，自己也不想离开O市了。

玛丽亚·德米特里耶夫娜年轻时享有可爱的金发美人之誉；到了五十岁上，人虽然有些发胖，轮廓有些臃肿，容貌依然不失动人之处。她的性情与其说是善良，不如说是多情善感；长大成人之后，仍然保持着当年在贵族女子中学里的派头；她娇纵自己，要是不顺着她，她就会闹脾气，甚至哭哭啼啼；可是如果她的愿望都得到满足，没有人违拗她的时候，她也会显得十分温柔和蔼。她的住宅属于市内最漂亮的住宅之列。她的产业也十分可观，不过祖传的不多，而是丈夫购置的。两个女儿在她身边；儿子在彼得堡一所最好的公立学校里就读。

和玛丽亚·德米特里耶夫娜一同坐在窗前的老妇人是她父亲的妹妹，就是和她在波克罗夫斯基村一同度过几年孤独岁月的姑姑。她的名字叫马尔法·季莫费耶夫娜·佩斯托娃。她的脾气是出名的古怪、倔强任性，无论对谁都当面直言不讳，虽然经济十分拮据，举止之间却仿佛是个富豪。她讨厌故去的卡利京,她的侄女刚和他结婚,她就搬到自己的小村子里,在一个农民的没有烟囱、一生火满屋子都是烟的小屋里过了整整十个年头。玛丽亚·德米特里耶夫娜有几分怕她。马尔法·季莫费耶夫娜身材矮小,尖尖的鼻子,到了老年还是满头黑发,目光灵活;她走路麻利,腰板挺直,说话快而清楚,声音细而响亮。她总戴着一顶白色包发帽,穿白色短上衣。

"你这是怎么啦?"她突然问玛丽亚·德米特里耶夫娜,"你叹的什么气呀,我的姑奶奶?"

"没有什么,"那一位说,"多么好看的云彩啊!"

"那你是为云彩惋惜喽,是吗?"

玛丽亚·德米特里耶夫娜没有回答。

"格杰奥诺夫斯基怎么没有来?"马尔法·季莫费耶夫娜迅速地动着织针(她在织一条很大的绒线围巾),问道,"他可以陪你一同叹气,要不然就胡说一通。"

"您对他的批评总是那么严厉!谢尔盖·彼得罗维奇是一个可尊敬的人。"

"可尊敬的!"老妇人带着责备的口吻重复她的话。

"他对我死去的丈夫是多么忠诚!"玛丽亚·德米特里

耶夫娜说，"直到如今，他想起我丈夫来还要伤心呢。"

"那还用说！人家不是拎着他的耳朵把他从污泥里拉出来的吗。"马尔法·季莫费耶夫娜嘟囔着说，她手里的织针动得更快了。

"样子倒挺老实，"她又开始说，"满头白发，可是只要一开口，不是撒谎就是搬弄是非。还是个五等文官呢！不过这也难怪：是个牧师的儿子嘛！"

"姑姑，谁能没有缺点呢？当然，他是有这个毛病。当然，谢尔盖·彼得罗维奇没有受过教育，不会说法语；不过，随您怎么说，他这个人还是挺讨人喜欢的。"

"是啊，他总拍你的马屁。不会说法语，这有啥了不起！我自己的法国'话'说得也不怎么样。要是他哪一国的话都不会说就好了：那他就不会撒谎了。瞧，那不是他来了，真是说到他，他就到，"马尔法·季莫费耶夫娜朝街上望了一眼，又说，"你的那个讨人喜欢的人，他正走过来了。又瘦又长，活像个鹭鸶！"

玛丽亚·德米特里耶夫娜整理了一下自己的鬈发，马尔法·季莫费耶夫娜冷笑着望了望她。

"我的姑奶奶，你头上好像有了一根白头发？你该把你的帕拉什卡骂上一顿。她的眼睛是管什么用的？"

"姑姑，您总是这样……"玛丽亚·德米特里耶夫娜愠怒地嘟囔着，一面用手指敲着圈椅的把手。

"谢尔盖·彼得罗维奇·格杰奥诺夫斯基到！"一个面颊红红的小僮从门外跑进来，尖声报告说。

一个身材高高的人走了进来。他身穿整洁的常礼服,裤子有些嫌短,戴着灰色麂皮手套,系着两个领结——上面一条是黑色的,下面一条是白色的。他浑身上下,从他那端正的面貌,梳得光光的两鬓,一直到走路不会发出吱吱声的平跟皮靴,无不显示出彬彬有礼和庄重体面。他先向屋子的女主人,然后向马尔法·季莫费耶夫娜行礼,他慢慢地脱下手套,走到玛丽亚·德米特里耶夫娜跟前,恭恭敬敬地接连两次吻了她的手,然后不慌不忙地在一把圈椅上坐下,搓着指尖,带笑说道:

"叶丽莎维塔·米哈伊洛夫娜可好?"

"她好,"玛丽亚·德米特里耶夫娜回答说,"她在花园里。"

"叶连娜·米哈伊洛夫娜可好?"

"连诺奇卡①也在花园里。——有什么新闻吗?"

"怎么会没有呢,太太,怎么会没有呢,太太,"客人慢慢地眨着眼睛,嘬着嘴说,"嗯!……请听吧,有新闻,而且是非常惊人的新闻:拉夫列茨基,费奥多尔·伊万内奇回来了。"

"费佳②!"马尔法·季莫费耶夫娜叫起来,"得啦,你又是在胡编吧,我的爹?"

"一点儿也不是,太太,我亲眼看见他的。"

"嗯,这也不能算是证明。"

"他的身体比以前好多了,"格杰奥诺夫斯基装做好像没有听到马尔法·季莫费耶夫娜的话,接下去说,"肩膀更宽了,红光满面。"

"比以前身体好多了,"玛丽亚·德米特里耶夫娜不紧不慢地说,"他的身体怎么会好起来的呢?"

"是啊,太太,"格杰奥诺夫斯基说,"换了别人,都不好意思露面啦。"

① 连诺奇卡是叶连娜的爱称。
② 费佳是费奥多尔的爱称。

"这是为什么呢?"马尔法·季莫费耶夫娜打断了他的话,"真是胡说八道。一个人回到自己的家乡来——您倒叫他到哪里去呢?难道他做了错事!"

"太太,恕我对您直言,妻子的行为不端,总是做丈夫的不对。"

"老爷子,你所以这么说,是因为你自己没有讨过老婆。"

格杰奥诺夫斯基勉强笑了笑。

"容许我问一下,"他沉默了片刻,又问道,"这么好看的围巾,您是给谁织的?"

马尔法·季莫费耶夫娜很快地瞅了他一眼。

"是给一个从来不搬弄是非,不耍滑头,不胡编乱造的人织的,"她说,"如果世界上真有这样的人。我非常了解费佳;他错就错在他把老婆宠坏了。而且,他是恋爱结婚的,而这种恋爱结婚是永远不会有什么好下场的。"老妇人斜着眼睛看了看玛丽亚·德米特里耶夫娜,站起身来继续说,"现在,我的老爷子,你爱说谁的坏话尽管说吧,哪怕说我的坏话也行;我走啦,不来碍你们的事了。"马尔法·季莫费耶夫娜说着就走了出去。

"她总是这样,"玛丽亚·德米特里耶夫娜目送着她的姑姑说，"总是这样！"

"上了年纪了嘛！有什么办法呢！"格杰奥诺夫斯基说，"她老人家说什么谁要是不耍滑头。可是如今有谁不耍滑头呢？世道如此呀。我有一个朋友，是一个可尊敬的人，您看，他的官职也不低，他就常说：如今啊，就是母鸡想啄一粒谷子，也要耍个花招——老是琢磨着怎么从旁边绕过去。可是我一看见您啊，我的太太，就知道您的性格真和天使一样；请把您的雪白的小手让我吻吻。"

玛丽亚·德米特里耶夫娜淡淡地一笑，就把自己的跷着小手指的胖胖的手伸向格杰奥诺夫斯基。他吻了一下，她把自己的圈椅移近了他，微微俯向着他，低声问道：

"这么说，您是看见他了？他真的没有什么，身体好，很快活吗？"

"他没有什么，很快活，太太。"格杰奥诺夫斯基低声说。

"您没有听说，现在他的妻子在哪儿吗？"

"前一阵在巴黎，太太；现在，听说又到了意大利。"

"真的，费佳的处境真可怕；我不知道，他怎么忍受得了。当然，不幸的事人人都会碰上，可是，他的事情可说在全欧洲都上了报纸了。"

格杰奥诺夫斯基叹了口气。

"是啊,太太,是啊,太太。听说她尽跟些演员和钢琴家鬼混,照他们那儿的说法,是跟狮子①和野兽一起鬼混。一点儿羞耻之心都没有了……"

"太叫人惋惜了,"玛丽亚·德米特里耶夫娜说,"论亲戚,谢尔盖·彼得罗维奇,您知道,他还是我的侄孙呢。"

"可不是,太太,可不是,太太;您府上的事,我哪会不知道呢?我当然知道,太太。"

"您想,他会来看我们吗?"

"大概会来的,太太;不过,听说,他准备到自己的庄园去。"

玛丽亚·德米特里耶夫娜抬起眼睛望着天。

"啊,谢尔盖·彼得罗维奇,谢尔盖·彼得罗维奇,我想,我们做女人的行为应该很谨慎啊!"

"女人和女人可不一样,玛丽亚·德米特里耶夫娜,不幸,有的女人,生性轻浮……而且,年龄也有关系;还有,从小没有受过管教,不知道做人的规矩。(谢尔盖·彼得罗维

① 十九世纪三十年代末至四十年代初,在英国和法国,"雄狮"和"牝狮"指社交界的时髦男女。当时在俄国的报刊上和生活中,这个名称也广泛使用。

奇从口袋里取出一块带方格的蓝手帕,开始把它打开。)这样的女人,当然,是有的。(谢尔盖·彼得罗维奇用手帕角轮流地擦眼睛。)不过,总而言之,如果要批评,那就是……城里的尘土真是特别多。"他就不往下说了。

"妈妈,妈妈①,"一个十一二岁、长得挺不错的小女孩叫着跑进来,"弗拉基米尔·尼古拉伊奇骑着马到我们这儿来啦!"

玛丽亚·德米特里耶夫娜站起身来;谢尔盖·彼得罗维奇也站起来,鞠了一躬。"叶连娜·米哈伊洛夫娜,我向您深表敬意。"他说;出于礼貌,他走到角落里去擤他那端正的长鼻子。

"他的马多么漂亮啊!"小女孩接着说,"他刚才到边门,告诉丽莎②和我,他就要到前门来。"

传来一阵嘚嘚的马蹄声,一个体态匀称的骑者骑着一匹漂亮的枣红马出现在街上,走到敞着的窗前停了下来。

① 楷体文字在原著中是法文,以下不再一一标注,其他语种另注。——编者注
② 丽莎是叶丽莎维塔的爱称。

"您好,玛丽亚·德米特里耶夫娜!"骑者高声说,他的声音响亮悦耳,"您喜欢我新买的这匹马吗?"

玛丽亚·德米特里耶夫娜走到窗前。

"您好,弗拉基米尔!啊,多么漂亮的马!您是从谁手里买来的?"

"从马匹采购员那儿买来的……这个强盗,真是漫天要价。"

"它叫什么名字?"

"叫奥尔兰德……这个名字太不好听,我要给它改个名字……好啦,好啦,我的孩子……一点儿不肯安静!"

马打着响鼻,倒换着蹄子,摇着头,嘴里吐着白沫。

"连诺奇卡,摸摸它,别怕……"

小姑娘从窗里伸出手去,可是奥尔兰德猛地竖立起来,冲到一旁。骑者并不着慌,用腿把马紧夹了一下,又在它的脖子上抽了一鞭,不管它怎样反抗,还是逼着它又走到窗前。

"小心些,小心些。"玛丽亚·德米特里耶夫娜一再说。

"连诺奇卡,来摸摸它,"骑者说,"我可不许它再撒野了。"

连诺奇卡又把手伸出去,胆怯地摸了摸奥尔兰德的颤动的鼻子。马儿不停地颤抖,紧咬着嚼环。

"好啊!"玛丽亚·德米特里耶夫娜高声叫道,"现在您下来吧,到我们这儿来。"

骑者矫捷地掉转马头,用马刺刺了它一下,就在街上小跑着进了院子。一分钟后,他挥着鞭子,从前厅的门里跑进了客厅;同时,在另一扇门口,出现了一个苗条、修长、十九岁的黑发姑娘——这是玛丽亚·德米特里耶夫娜的长女,丽莎。

我们刚才介绍给读者的那位年轻人,名叫弗拉基米尔·尼古拉伊奇·潘申。他是彼得堡内务部的特派官员,来O市执行一件临时的公务,受他的远亲,省长佐宁堡将军调遣。潘申的父亲是一位退职的骑兵上尉,一个出名的赌徒;他目光温柔,面容憔悴,嘴唇神经质地抽搐着,一生出入于权贵之门,是两京英国俱乐部①的常客,被人认为是一个机灵而不十分可靠的人,可爱而又可亲。但是,他尽管十分机灵,却几乎总是处于一贫如洗的边缘,给自己的独子留下的只是一份小小的、败落的产业。然而,他却

① 指彼得堡与莫斯科的贵族俱乐部,会员因为事务上的谈话或打牌在此聚会。

按照自己的考虑对儿子的教育花费了一番心思：弗拉基米尔·尼古拉伊奇说一口漂亮的法语，英语也很好，德语却不行。这也是理所当然的事：体面人是不屑讲一口流利的德语的；但是在某种场合，多半是在打趣的时候，来上这么一两句德语是可以的，照彼得堡的巴黎人的说法，是最俏皮不过的。弗拉基米尔·尼古拉伊奇才十五岁的时候，就会大大方方地走进任何一个上流社会的客厅，风度翩翩地与人周旋一番，然后在恰当的时候离去。潘申的父亲给自己的儿子攀上许多关系；在两局牌戏中间洗牌的当儿，或是在获得一次"全胜"之后，他总不会放过机会向某位喜欢凭技巧打牌的大人物提上几句他的"沃洛季卡"①如何如何。而弗拉基米尔·尼古拉伊奇自己呢，在大学念书期间（他毕业时取得学士学位），就结交上几位名门子弟，出入豪富之门了。他到处都受到欢迎：他相貌英俊，举止潇洒，言谈有风趣，身体一向健康，处处见机行事：需要恭敬的地方，就毕恭毕敬；需要大胆的时候，就敢作敢为，是一个很好的伙伴，迷人的孩子，他所梦寐以求的前途展现在

① 沃洛季卡是弗拉基米尔的爱称。

他面前。潘申很快就领悟了上流社会的奥秘，他善于使自己以满怀真正的尊敬来对待这种奥秘的种种规则，善于以半带嘲笑的正经来应付琐事，而对于一切重要事情又装出看得无关紧要；他的舞艺高超，装束是英国派头。在短短的时间里，他就被誉为彼得堡最和蔼、最机灵的青年人之一了。潘申的确是非常机灵——不比父亲逊色；同时他的天赋也很高。他多才多艺：他唱歌唱得很好，作画挥洒自如，会写诗，演戏也惟妙惟肖。他才二十八岁，已经是一位宫中侍从，有了相当的官职。潘申对自己、对自己的聪明和自己的敏锐的观察力，都极有把握；他大胆地、快活地、昂首阔步地勇往直前；生活在他是一帆风顺。他习惯于博得一切的人——无论老少——的欢心，他自以为他善于了解人，特别是女人的心：他对她们的一般弱点都了如指掌。他对艺术不是门外汉，他感到自己心中怀有的激情、兴奋和某种迷恋，因此，他就容许自己荒唐一下：他纵酒行乐，结交一些不属于上流社会的人士，总之是放浪形骸，不拘小节。然而，在灵魂深处他却是冷静而狡猾。即使在他不顾一切地狂饮放浪的时候，他那机灵的棕色的小眼睛也是滴溜溜地观察着，审视着；这个大胆的、无拘无束的年轻人永远不会完全失态，不会神魂颠倒。但是，凭良心说，他从不夸耀自己的胜利。他一来到O市，就到了玛丽亚·德米特里耶夫娜家里，不久就和她们亲如家人。玛丽亚·德米特里耶夫娜对他极端宠爱。

潘申对室内的人都一一殷勤地鞠躬，跟玛丽亚·德米特里耶夫娜和丽莎维塔①·米哈伊洛夫娜握了手，轻轻地拍了拍格杰奥诺夫斯基的肩膀，就鞋跟一转，抱住连诺奇卡的头，在她额头上吻了一下。

"您骑这么烈性的马，不害怕吗？"玛丽亚·德米特里耶夫娜问他。

"不，它是很驯服的；您知道我怕什么：我就怕跟谢尔盖·彼得罗维奇打朴烈费兰斯②；昨天在别列尼岑家里，我的钱都输给他了，输得精光。"

格杰奥诺夫斯基尖声地、讨好地笑起来：他是在巴结彼得堡来的这位出色的年轻官员，省长的宠儿。他和玛丽亚·德米特里耶夫娜谈话的时候，常常提到潘申的卓越才能。他说，这样的人哪能不夸奖呢？这个年轻人在上层社会里

① 即叶丽莎维塔。
② 一种纸牌戏。

崭露头角,办事堪为模范,为人又虚怀若谷。的确,就是在彼得堡,潘申也被认为是一位干才:他办事紧张麻利;潘申谈起工作来只是以玩笑出之,就像一般上流社会的人士一样,并不把自己的工作看得特别重要,说自己不过是个"跑腿的"。上级就喜欢这样的下属;潘申本人并不怀疑,如果他愿意,有朝一日他也会当上部长。

"您说我把您的钱都赢来了,"格杰奥诺夫斯基说,"那么上个星期是谁赢了我十二个卢布,而且还……"

"您坏,您坏。"潘申在亲切之中用略带轻蔑随便的神气打断了他的话,便不再理睬他,向丽莎走过去。

"我在这里找不到《奥伯龙序曲》①,"他开始说,"别列尼岑娜净吹牛,说什么古典音乐她那儿应有尽有,——其实,她那儿除了波尔加舞曲和华尔兹舞曲之外,什么都没有;不过我已经写信到莫斯科去,过一个星期,您就可以得到这个序曲了。顺便说一下,"他继续说,"昨天我写了一个新的浪漫曲;歌词也是我写的。您愿意我唱给您听听吗?我不知道这究竟如何;别列尼岑娜认为它挺美,不

---

① 德国作曲家韦伯(1786—1826)所作的歌剧。

过她的话没有什么道理,——我希望听听您的意见。可是,我想还是改天再说吧。"

"为什么要改天再说?"玛丽亚·德米特里耶夫娜插话说,"为什么不现在就唱呢?"

"遵命,太太。"潘申带着高兴的、迷人的微笑说。这微笑来得快,消失得也快。接着,他用膝盖推动一把椅子,在钢琴前坐下,弹了几个和音,就吐字清楚地唱起下面的浪漫曲:

  高空白云朵朵
  皓月漂浮其中;
  奇妙的月光
  却在海涛之巅移动。

  我心如大海,
  你是我心中的明月,
  不论在欢乐与忧伤中波动,
  都是为你一人。

我心充满爱的苦闷，

充满无言憧憬的忧伤，

我心头苦恼……而你呀，

却似那轮明月，静如止水一般。

第二节潘申是带着特殊的表情和力量唱出来的，在强烈的伴奏声中，仿佛可以听到汹涌的波涛声。在"我心头苦恼……"之后，他发出一声轻轻的叹息，双目低垂，声音低沉，于是缓缓消逝①。他唱完后，丽莎称赞了那旋律，玛丽亚·德米特里耶夫娜说："美极了。"格杰奥诺夫斯基甚至叫道："真是令人陶醉！词和曲是同样地迷人！……"连诺奇卡带着稚气的崇敬望了望歌者。总之，在座的人都极为欣赏这位年轻音乐爱好者的佳作。但是客厅门外的前厅里站着一个刚刚到来的老人，从他那低着的脸上的表情和肩膀的耸动看来，潘申的浪漫曲尽管很美，却没有使他感到愉快。这个人站了一会儿，用厚厚的手帕掸去皮靴上的尘土之后，突然眯起眼睛，不高兴地抿紧嘴唇，把他那

① 原著中是意大利文。

本来已经够伛偻的背更弯下去，缓慢地走进客厅。

"啊！赫里斯托福尔·费奥多雷奇，您好！"潘申首先叫道，连忙从椅子上跳起来，"我没有料到您在这里，在您面前我是绝不敢唱我的浪漫曲的。我知道，您不喜欢轻音乐。"

"我没有听见。"进来的那人用蹩脚的俄语说，他向大家行礼之后，就尴尬地站在房间当中。

"您，莱姆①，"玛丽亚·德米特里耶夫娜说，"是来给丽莎上音乐课的吧？"

"不，不是给丽莎维塔②·米哈伊洛夫娜，是来给叶连娜·米哈伊洛夫娜上课的。"

"啊！是的，好极啦。连诺奇卡，跟莱姆先生上楼去吧。"

老人正要跟着小姑娘出去，但是潘申拦住了他。

"上完课请别走，赫里斯托福尔·费奥多雷奇，"他说，"我要和丽莎维塔·米哈伊洛夫娜四手联弹贝多芬的奏鸣曲。"

老人喃喃地说了什么，可是潘申用发音不准的德语继续说：

①② 德语的俄语译音。

"丽莎维塔·米哈伊洛夫娜把您献给她的那首颂歌给我看了，——真是好极了！请您别以为我不会重视严肃的音乐，——恰恰相反：严肃的音乐有时是有些沉闷，然而却非常有益。"

老人的脸一直红到耳根，他斜睨了丽莎一眼，就匆匆地走了出去。

玛丽亚·德米特里耶夫娜请潘申把浪漫曲再唱一遍，但他说他不愿意冒渎那位饱学的德国人的耳朵，只是建议丽莎去弹贝多芬的奏鸣曲。这时，玛丽亚·德米特里耶夫娜只好叹了口气，请格杰奥诺夫斯基陪她到花园里去走走。"我想，"她说，"跟您再谈谈我们那可怜的费佳的事，跟您商量商量。"格杰奥诺夫斯基咧嘴一笑，鞠了一躬，用两个手指把自己的帽子和整整齐齐放在帽檐上的手套拿起来，就陪着玛丽亚·德米特里耶夫娜一同出去了。房间里只留下潘申和丽莎：她拿来奏鸣曲，打开；他们两人默默地坐在钢琴旁边。楼上传来微弱的琴声，那是连诺奇卡的不稳定的小手指在弹练音阶。

赫里斯托福尔·特奥多尔·戈特利布·莱姆于一七八六年出生在萨克森王国赫姆尼兹市一个贫苦的乐师家里。他父亲吹双簧管,母亲弹竖琴;他本人才五岁就练三种不同的乐器。八岁时成了孤儿,十岁起就开始靠卖艺谋生。有很长一个时期他生活漂泊无定,到处演奏——在小饭馆里,在集市上,在农民的婚宴上,在跳舞会上;终于他进了一个乐队,然后步步高升,取得了乐队指挥的位置。他的演技并不高明,但是在音乐方面造诣很深。在二十八岁上他移居俄国,是一位大地主聘请他来的,这位地主本人非常讨厌音乐,但为了摆阔却养着一个乐队。莱姆在他家里当了七年的乐队长,离开时却两手空空:地主把家财挥霍光了,本来想给他一张期票,可是后来连期票也不肯给了——一句话，连分文也没有给他。有人劝他离开，但是他不愿意离开俄国，——离开伟大的俄国，离开这个艺术家的宝地，——像乞丐似的回家。他决意留下来再碰碰运气。二十年来，这可怜的德国人就一直在碰自己的运气：他在各种各样的主人家待过，在莫斯科住过，在各个省城也待过，历尽艰辛，饱尝贫穷的滋味，苦苦挣扎；但是他尽管受尽磨难，衣锦归国的念头却一直没有离开过他；也只有这个念头支撑着他。然而，命运并不愿意用这最后的，也是最初的幸福让他高兴一下：他年已半百，体弱多病，未老先衰，他滞留在O市……也只好永远留在这里，他已经完全失去了离开这可恨的俄罗斯的一切希望，勉强靠教课来维持自己可怜的生活。莱姆的外表于他不利。他个子不高，背有些驼，肩胛骨突出，腹部凹缩，两只脚又大又扁，发红的手上青筋毕露，手指僵直，指甲呈浅蓝色。他的脸上满布皱纹，面颊凹陷，紧闭的嘴唇不停地在动着，咀嚼着，再加上他惯常的沉默寡言，就给人一种近似凶狠的印象。他的灰白头发一绺绺挂在低低的额头上；呆板的小眼睛发出幽暗的光，仿佛是刚被水浇灭的炭；他走路笨重，每走一步总要摇摆着他那动作迟缓的身体。他有些动作像是笼中的猫头鹰感到有人在看它时所做出的笨拙的整理羽毛的动作，而它那双吃惊地、昏昏欲睡地眨动着的黄色大眼睛却几乎什么都看不见。积年累月的、无情的痛苦在这可怜的音乐家身上留下了无法磨灭的痕印，摧残了他那本来就不好看的身体，使它变得格外难看。但是，如果一个人能够不为最初的印象所左右，他就会在这个半毁的人身上看到善良、诚实和不同寻常的品质。这位巴赫①和亨德尔②的崇拜者，精通音乐，富有活泼的想象以及德意志民族得天独厚的大胆思想的莱姆，如果生活给他另作安排，说不定有一天——有谁能知道呢？——能够跻身于他祖国的伟大作曲家之列；可惜他是生不逢辰啊！他一生中写下许多作品，却未能看到有一部发表。他不善于处理事务，不会及时地讨好奉承和奔走张罗。有一次，那是很久很久以前，他的一个崇拜者和好友，也是德国人，而且也很穷，自费印了他的两部奏鸣曲——结果它们却原封不动地放在音乐书店的地下室里，默默无闻地、不留痕迹地消失了，仿佛有人夜间把它们扔到河里去了。莱姆终于万念俱灰，而且年龄

① 巴赫（1685—1750），德国作曲家，管风琴家。
② 亨德尔（1685—1759），德国作曲家，管风琴家。

也不饶人：他变得冷漠了，麻木不仁了，就像他的手指变得僵硬了一般。他单身（他终身未娶）和他从养老院领出来的老厨娘住在Ｏ市的一所小屋里，离卡利京家不远；他每天花许多时间散步、念圣经和新教的赞美诗集，还读施莱格尔①译的莎士比亚。他搁笔已久，但是显然，丽莎，他的最优秀的学生，使他振作起来；他为她写了潘申提到的那首颂歌；这首颂歌的歌词是他摘自赞美诗，有几首诗是他自己写的。颂歌由两个合唱——幸福者的合唱和不幸者的合唱组成；两个合唱到末尾合而为一，唱词是："仁慈的上帝，怜悯吾辈罪人，焚掉吾辈心中的邪思俗念。"首页上，非常工整地，甚至用花体字写着："唯正义的人为善。颂歌。献给我挚爱的学生叶丽莎维塔·卡利京娜，师赫·费·戈·莱姆作。"在"唯正义的人为善"和"叶丽莎维塔·卡利京娜"的周围，还围着光圈。下面附注着："只为您一人，只为您一人②"——所以在潘申当他的面提到他的颂歌时，莱姆才会涨红了脸，斜睨了丽莎一眼，他感到非常痛心。

① 施莱格尔（1767—1845），德国文学史家，评论家，翻译家和诗人。
② 原著中是德文。

潘申响亮而坚定地弹了奏鸣曲的最初几组和音（他弹低音部），但是丽莎并没有开始她的音部。他停下来看了看她。丽莎的眼睛直直地望着他，流露出不满；她的嘴唇上不带笑意，一脸严厉的、几乎是伤心的神情。

"您怎么啦？"他问。

"您为什么不遵守自己的诺言？"她说，"我把赫里斯托福尔·费奥多雷奇的颂歌给您看，是讲好您不要向他提到它的。"

"对不起，丽莎维塔·米哈伊洛夫娜，——我是说漏了嘴。"

"您使他伤心——也叫我难受。现在他连我也不会相信了。"

"您叫我怎么办呢，丽莎维塔·米哈伊洛夫娜！我从小看见德国人就来气，见了就忍不住要去逗逗他。"

"您说的是什么呀，弗拉基米尔·尼古拉伊奇！这个德国人是一个穷苦、孤独、完全绝望的人——您难道就不可怜他？您还要去逗他？"

潘申窘了。

"您说得对，丽莎维塔·米哈伊洛夫娜，"他说，"一切都怪我这永远改不掉的轻率。不，您不要反驳我；我对自己非常了解。我的轻率给我招来许多麻烦。因为这，我才被人看做是一个自私自利的人。"

潘申沉默了一会儿。他说话无论从什么开始，最后总要把话头转到自己身上，而且他说得似乎那么温柔亲切，诚恳，仿佛是不由自主地说出来的。

"就说在您府上吧，"他继续说，"您妈妈当然对我很好——她是那么善良；您呢……我不知道您对我的看法；可是您的那位姑奶奶对我简直讨厌透了。我大概也是说了什么冒失的蠢话得罪了她。她不喜欢我，是吧？"

"是的，"丽莎稍一踌躇，说，"她是不喜欢您。"

潘申很快地把手指滑过键盘，他的嘴唇上掠过一丝几乎难以觉察的冷笑。

"那么，您呢？"他说，"您也觉得我是个自私自利的人吗？"

"我对您的了解还很少，"丽莎说，"但我并不认为您是个自私自利的人。恰恰相反，我还应该感谢您……"

"我知道，我知道您要说什么，"潘申打断她的话，又用手指在键盘上滑过，"您要谢我给您拿来的那些乐谱啦，书啦，谢谢我在您的画本上乱涂的那些画啦，等等。尽管我可以做这一切，但仍然可以是一个自私自利的人。我不揣冒昧地想：您跟我在一起并不感到乏味，您也并不把我当做坏人，不过您照样会觉得我这个人——这该怎么说呢？——为了说一句俏皮话，不惜把自己的亲爹和好友都挖苦两句。"

"您不过是遇事漫不经心，善忘，像所有交际场的人物一样，"丽莎说，"无非就是这些。"

潘申微微皱了皱眉头。

"好啦，"他说，"不要再谈论我了，我们来弹我们的奏鸣曲吧。我只求您一件事，"他用手抚平架子上的琴谱，又说，"您随便怎么看我都行，哪怕叫我自私自利的人也行——

就算这样吧！可是千万不要叫我交际场的人物：这个称呼我可受不了……我也是个画家呀①，我也是个艺术家呀，尽管并不高明，至于说我是个不高明的艺术家，——我马上就来给您证明。我们就开始吧。"

"好，我们开始吧。"丽莎说。

最初的慢板②弹得很顺利，虽然潘申弹错了不止一处，他自己写的和他练熟了的他都弹得很好，可是要看着曲谱弹就不行了。因此弹到奏鸣曲的第二乐章——相当快的快板③——就完全不行了：在第二十小节上潘申就落后了两小节，他弹不下去了，就笑着推开了椅子。

"不行！"他叫道，"今天我弹不了；幸亏莱姆没有听到，否则他会气昏的。"

丽莎站起来，盖上钢琴，转过身来对着潘申。

"那么我们做点儿什么呢？"她问。

"听您这句话就可以知道您的为人！您是怎么也闲不住的。好吧，要是您愿意，趁天色还没有全黑，我们来画画

---

① 原著中是意大利文。据意大利传说，这是意大利画家柯勒乔在拉斐尔的一幅画前说的一句自负的话。
②③ 原著中是意大利文。

吧！也许另一个艺术女神——绘画的女神——她叫什么来着,我忘了……也许会对我比较眷顾。您的画本呢？我记得,那上面我画的风景画还没有画完呢。"

丽莎到隔壁房间去取画本,只留下潘申一个人,他从口袋里摸出一条麻纱手帕擦了自己的指甲,然后微微斜过眼来看了看自己的手。他的手很白,很好看,左手的大拇指上戴一个螺旋形的金戒指。丽莎回来了；潘申坐到窗前,打开了画本。

"啊！"他叫了起来,"我看到您在临摹我的风景画——很好。好极啦！只是这儿——给我支铅笔——阴影还不够浓。您看。"

于是潘申就笔触豪放地画上长长的几道。他总是画同样的风景：前景是几株枝叶蓬乱的大树,远景是一片林中空地,天边是齿状起伏的山峦。丽莎从他的肩后望着他作画。

"画画,也像一般在生活中一样,"潘申说,把脑袋一会儿偏向左边,一会儿偏向右面,"灵活和气魄是首要的。"

在这一瞬间,莱姆走了进来,他冷冷地鞠了一躬,就想走；但是潘申把画本和铅笔扔在一边,拦住他的去路。

"您要到哪里去,亲爱的赫里斯托福尔·费奥多雷奇？

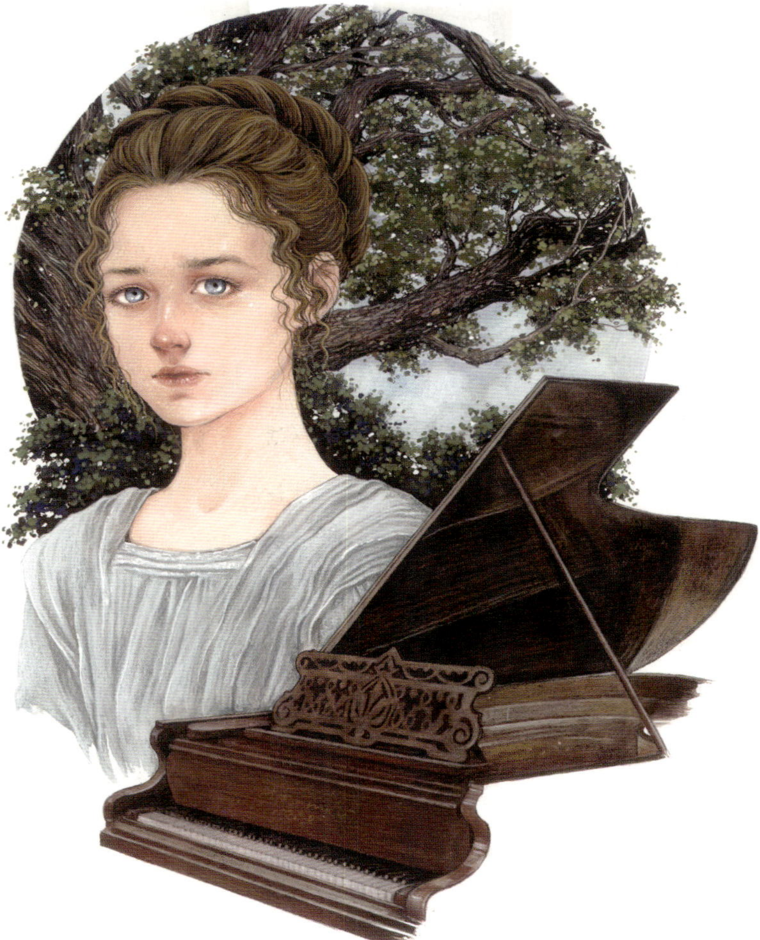

您不留下喝茶吗?"

"我要回家,"莱姆不高兴地说,"我头疼。"

"嗨,头疼不算什么,——别走啦,咱们来谈谈莎士比亚。"

"我头疼。"老人又说了一遍。

"您不在的时候我们弹了贝多芬的奏鸣曲,"潘申亲切地搂住他的腰,高兴地微笑着说,"可是根本弹不好。您信不信,连两个连续的音符我都弹不准。"

"您还是去唱您的浪漫曲吧。"莱姆说,他推开潘申的手,转身走了。

丽莎跟在莱姆后面跑出去。她在台阶上赶上了他。

"赫里斯托福尔·费奥多雷奇,请听我说,"她用德语对他说,陪他在院子里的绿草坪上走到大门口,"我对不起您——请原谅我。"

莱姆一言不答。

"我让弗拉基米尔·尼古拉伊奇看了您的颂歌;因为我相信,他一定能欣赏它。他的确非常喜欢这个颂歌。"

莱姆站住了。

"这没关系,"他用俄语说,后来又用他的本国语言说,"可是他什么也不会懂,这您怎么看不出来呢?他不过是一知半解罢了！"

"您对他不公平，"丽莎说，"他样样都懂，他自己差不多样样都行。"

"是啊，都是二等品，次货，粗制滥造。人家喜欢什么，他也喜欢什么，他自己也以此扬扬得意——是啊，妙啊。我并没有生气，这首颂歌和我——我们俩是一对老傻瓜：我有点儿难为情，可是这没有什么。"

"请原谅我，赫里斯托福尔·费奥多雷奇。"丽莎又说。

"没关系，没关系，"他又用俄语重复说，"您是个好姑娘……您看有人到你们家来了。再见。您是个非常善良的好姑娘。"

说完，莱姆就急匆匆地向大门口走去，一位他不认识的身穿灰色大衣、头戴宽边草帽的先生走了进来。莱姆对来客彬彬有礼地鞠躬（在O市，凡是陌生的面孔他见了都鞠躬，在街上遇到熟人却掉头不理——这是他给自己订下的规矩），在他身边走了过去，消失在篱笆后面。陌生人惊奇地目送着他，然后仔细地看了看丽莎，就径直走到她跟前。

7

"您不认得我了,"他脱帽说,"可是我认得您,虽然从我最后一次看见您已经过了八年。那时您还是个娃娃。我是拉夫列茨基。您妈妈在家吗?我可以见到她吗?"

"妈妈会非常高兴,"丽莎说,"她已经听说您来了。"

"您,好像是叫叶丽莎维塔吧?"拉夫列茨基说,一面走上台阶。

"是的。"

"我非常清楚地记得您,您那时的模样儿就叫人不会忘记;那时我常带糖果给您。"

丽莎的脸红了,心里想:他这个人真奇怪。拉夫列茨基在前室停了片刻。丽莎走进客厅,从那边传来潘申连说带笑的声音:玛丽亚·德米特里耶夫娜和格杰奥诺夫斯基已经从花园里回来,他在向他们讲城里流传的一桩新闻,对自己讲的新闻哈哈大笑。一听到拉夫列茨基的名字,玛丽亚·德米特里耶夫娜顿时浑身紧张起来,面色发白,迎上前去。

"您好,您好,我亲爱的表弟!"她拖长声音,好像要哭似的说,"我多么高兴看到您啊!"

"您好,我亲爱的表姐,"拉夫列茨基说,热情地握了她伸出的手,"您一切都好吧?"

"请坐,请坐,我亲爱的费奥多尔·伊万内奇。啊,我多么高兴啊!请容许我首先向您介绍我的女儿丽莎……"

"我已经向丽莎维塔·米哈伊洛夫娜自我介绍过了。"拉夫列茨基打断了她的话。

"麦歇潘申……谢尔盖·彼得罗维奇·格杰奥诺夫斯基……请坐呀!我看着您,真的,我甚至不相信自己的眼睛。您身体可好?"

"您看:我非常好。表姐——希望我这么说不会给您带来不吉利的后果,——这八年来您可没有见瘦。"

"想想看,我们有多久没有见面啦,"玛丽亚·德米特里耶夫娜梦幻似的说,"您是从哪里来?您把……我是想说,"她连忙改口说,"我是想说,您能在我们这儿长住吗?"

"我是刚从柏林来的,"拉夫列茨基说,"明天就要到乡下去——大概,会长住的。"

"您当然是住在拉夫里基吧?"

"不,不住在拉夫里基,我有一个小村子,离这儿大约二十五俄里,我要到那儿去。"

"这是格拉菲拉·彼得罗夫娜留给您的小村子吧?"

"就是那个。"

"您怎么啦,费奥多尔·伊万内奇!您在拉夫里基的房子多么好啊!"

拉夫列茨基微微皱了皱眉头。

"是啊……不过在那个小村子里也有一所小厢房;我暂时不需要什么。那地方目前对我最合适。"

玛丽亚·德米特里耶夫娜又发窘了,甚至挺直了腰,无可奈何地把双手摊开。这时潘申来给她解了围,和拉夫列茨基攀谈起来。玛丽亚·德米特里耶夫娜定下了神,靠着椅背,偶尔插上一两句;然而这时她满怀怜悯望着她的客人,那样含有深意地长吁短叹,还那样沮丧地摇着头,弄得客人终于忍不住了,口气相当生硬地问她,她是不是不舒服？

"感谢上帝，我挺好，"玛丽亚·德米特里耶夫娜反问，"您干吗这么问？"

"没什么，我觉得您好像有些不舒服。"

玛丽亚·德米特里耶夫娜摆出一副庄严的，而且有些受了委屈的样子。"你既然不在乎，"她心里想，"关我屁事；可见，我的爹，你这个人真是没心没肺；换了别人，早就该愁死了，你倒反而长了一身肥肉。"玛丽亚·德米特里耶夫娜自己心里想什么事的时候是不讲礼貌的；但是说出口来的时候却要斯文些。

拉夫列茨基的确也不像个交了倒霉运的人。他那双颊红润的、纯粹俄罗斯人的面孔，高高的、白皙的额头，略微嫌大的鼻子和端正的阔嘴巴，无一不散发出草原上的健康气息，散发出强壮的、无限的力量。他体格健壮，头上淡黄色的头发像少年人那样鬈曲着。只有在那双微鼓的、略嫌呆板的蓝眼睛里，露出又像沉思、又像疲倦的神色，他的声音也似乎有些过于平淡。

这时候，潘申煞费苦心地不让谈话中断。他把话头转到制糖的利益上——这是他从不久前读过的两本法文小册子上看来的,——就沉着而谦虚地叙述书的内容,对于出处却只字不提。

"这不是费佳吗?"从隔壁房间的半掩着的门后,突然传来马尔法·季莫费耶夫娜的声音,"没错,正是费佳!"接着,老妇人就迅速地走进客厅。拉夫列茨基还没有来得及从椅子上站起来,她就一把搂住他。"让我看看你,让我看看你,"她说着,一面离他的脸远些,"嗳!你看上去好极了。老虽老了些,可是一点儿也不难看,真的。你怎么吻我的手——要是你不嫌我这张满是皱纹的老脸,你就亲亲我吧。恐怕,你压根儿没有问起过我吧:问问,姑姑还活着吗?你落地就是我抱着的,真是个淘气包!得啦,你哪里会记得我呢!不过你是个聪明人,回来就好。怎么样,我的姑奶奶,"她转脸对着玛丽亚·德米特里耶夫娜,说,"你没有拿点儿什么请他吃?"

"我什么都不要。"拉夫列茨基连忙说。

"我的爹,茶总得喝点儿吧。我的老天爷!人家大老远地跑来,连茶也不请他喝一杯。丽莎,你去弄点儿茶,快点儿。我记得,他从小就馋得要命,现在大概也还爱吃吧。"

"给您问安啦,马尔法·季莫费耶夫娜。"潘申从旁边走近兴奋激动的老妇人，向她深深地一鞠躬。

"对不起，我的好先生，"马尔法·季莫费耶夫娜说，"我只顾高兴，没有看见您。你的模样长得像你那亲爱的妈妈，"她又转过脸对着拉夫列茨基，继续说，"只是你的鼻子像你爹，一直没变样。好啦，你在我们这儿能多待些时候吗？"

"我明天就走，姑姑。"

"去哪儿？"

"回家，去瓦西里耶夫斯科耶村。"

"明天？"

"明天。"

"好，明天就明天吧。上帝保佑你，你自己的事自己更清楚。可是你记住，临走前要来辞个行。"老妇人拍拍他的面颊，"我没想到还能活着看见你，我还没有打算死呢，不——我大概再活上他十年就够啦：我们佩斯托夫家的都长寿；你死去的爷爷常说我们是活两辈子的。可是上帝知道，你又在国外逛了多久。行啦，你真是好样的，好样的，大概你还像从前一样，一手能举十普特①吧？你死去的爹，

---

① 俄重量单位，1普特合16.38公斤。

人尽管荒唐，可总算做了一件好事，给你请了一个瑞士教师；你还记得跟他比拳的事吗，那是叫体操吧？可是，我干吗这么唠叨个没完,害得潘辛先生（她总叫不准潘申的姓）不能发表高论。不过，我们还是去喝茶吧，还是到阳台上去喝好；我们的奶油好极了——跟你们伦敦的和巴黎的可不一样。走吧，走吧，费久沙①，来搀着我。啊，你的胳膊真粗！有你搀着，我就不怕摔倒了。"

大家都站起来到阳台上去，只有格杰奥诺夫斯基悄悄地溜掉了。在拉夫列茨基和女主人、潘申以及马尔法·季莫费耶夫娜谈话的时候,他一直坐在角落里,注意地眨着眼，像孩子般好奇地噘起嘴巴；现在他要赶紧去向全市散布有关新来的客人的新闻了。

* * *

这是当天晚上十一点钟，在卡利京夫人家里发生的事：在楼下的客厅门口，弗拉基米尔·尼古拉伊奇乘着和丽莎告辞的机会，握着她的手对她说："您知道，是谁吸引我到

---

① 费久沙是费奥多尔的爱称。

这儿来的；您知道，我为什么不断到府上来；一切都非常明白，何必再说什么呢？"丽莎没有回答，也没有笑，她微微抬了抬眉毛，红着脸，眼睛望着地上，但是没有把手缩回。楼上，在马尔法·季莫费耶夫娜的房间里，在悬挂在晦暗古老的神像前的灯光下，拉夫列茨基坐在一张圈椅上，臂肘撑在膝上，把脸埋在手里。老妇人站在他面前，偶尔默默地抚摩他的头发。告辞女主人之后，他又在她这里待了一个多小时，对他的这位好心肠的老友，他几乎什么也没有说，她也什么都不问……而且，他又何必说，她又问什么呢？不说不问，她对一切都十分理解，对他的满腔痛苦，又是那么同情。

8

费奥多尔·伊万诺维奇①·拉夫列茨基（我们得请求读者允许把故事的线索暂时中断）出身于古老的贵族世家。拉夫列茨基家的始祖从普鲁士迁移到失明大公瓦西里二世②的大公国，在别热茨基韦尔赫③被赐予封地二百契特维尔特④。他的后裔之中有许多人担任过不同的官职，在边远省份的王公和显贵手下当过差。但是没有一个人的官职超过御膳房总管，也没有发过大财。拉夫列茨基家族里最富有、最出色的是费奥多尔·伊万内奇的曾祖父安德烈。他为人

---

① 即伊万内奇。——编者注
② 瓦西里二世（失明者）（1415—1462），一四二五年起为莫斯科大公。
③ 十二至十七世纪的古罗斯城市。
④ 俄土地面积单位，1契特维尔特为：长40俄丈 × 宽30俄丈。

残酷，大胆，聪明而狡猾。直至今日，有关他的独断专行、性如烈火、疯狂的慷慨和贪得无厌的传说，还不绝于人口。他身材高大魁梧，面色黝黑无须，说话口齿不清，好像总是昏昏欲睡，但是他说话的声音越轻，他周围的人就越是战战兢兢。他为自己选的妻子和他倒也相配。她暴眼睛，鹰嘴鼻，圆圆的黄脸，有茨冈血统，她性情暴躁，爱报复，对丈夫丝毫不让，他也几乎把她弄死；虽然她经常和他争吵，但是，她并没有比他多活多久。安德烈的儿子彼得，费奥多尔的祖父，不像他父亲。这是一个普普通通的草原地主，性情相当乖僻，喜欢空谈，做事缓慢，粗暴但不凶恶，好客，也爱养狗。他在三十多岁上就从父亲手里继承了两千个上好的农奴，但是不久他对他们就放手不管，听之任之，他卖掉了部分地产，家仆们都被他惯坏了。一些认识与不认识的小人，都像蟑螂似的从四面八方爬进他的宽敞、暖和而邋遢的宅子，一个个见到可吃的就吃，见到可喝的就喝，吃饱喝足之后，见到可拿的还来个顺手牵羊，一边对好客的主人歌功颂德。主人遇到心情不好的时候也要"颂扬"自己的客人，称他们是寄生虫和坏蛋；可是如果客人不来，他又觉得寂寞。彼得·安德烈伊奇的妻子性情温顺，是他遵照父亲的挑选和命令娶来的邻家的姑娘,名叫安娜·帕夫洛夫娜。她对一切事情概不过问,高高兴兴地招待客人,自己也乐意出门走亲访友,虽然照她的说法,往脸上抹粉简直是要她的命。上了年纪她还常说:"您想想看,给你头上戴个毡帽,把头发统统往上梳,涂上油,扑上粉,还插上些铁发卡,到后来连洗也洗不掉;可是出门拜客不扑粉又不行,——人家会见怪的——简直要人的命!"她喜欢乘快马拉的马车,打起牌来可以从早打到晚,丈夫走近牌桌的时候,她总是用手捂住记在她名下的赢来的戈戈之数,不让他看见;然而她却把自己的嫁奁和全部钱财都交给了丈夫,完全听他支配。她给他生下一儿一女:儿子伊万,就是费奥多尔的父亲,女儿名叫格拉菲拉。伊万不是在自己家里长大,他从小就住在一个富有的老姑妈库宾斯卡娅公爵小姐家里:她指定他做她的继承人(要不是贪图这个,父亲是不会让他去的),把他打扮得像个洋娃娃,给他延请各种各样的教师,还指定一个法国家庭教师库尔坦·德·福赛先生照管他,此人以前是天主教神甫,让-雅克·卢梭[1]的信徒,

---

[1] 卢梭(1712—1778),法国作家,哲学家。对欧洲进步的社会思想、哲学和文学均有影响。

为人机灵，善于钻营，——照她的说法，是侨民中的奇葩。到后来她差不多以七十高龄下嫁了这个奇葩，把自己的全部财产都转移到他名下。过了不久，她涂脂抹粉，洒着黎塞留式的龙涎香水，身边围绕着一群小黑奴、细腿的小狗和噪聒的鹦鹉，手里拿着佩蒂托制的珐琅鼻烟壶①，在一张路易十五时代的弯形的绸面小沙发上死去——被丈夫遗弃的她，死掉了：那位满嘴甜言蜜语的库尔坦先生认为，还是趁早带上她的钱财逃往巴黎为妙。当这个意外的打击（我们说的是公爵小姐的结婚，而不是她的死）临到伊万头上的时候，他才二十岁；在姑妈家里他从一个富有的继承人一降而为寄人篱下的食客，他不愿意再待下去。他从小在里面长大的彼得堡的上流社会，现在却对他飨以闭门羹；去谋一个费力而没有前途的小差事吧，他又不屑去做（这一切都发生在亚历山大皇帝朝代的初年），他万般无奈，只好回到乡下去投靠父亲。他看到的老家又脏又穷，简直糟透了；草原生活的闭塞和煤烟，处处使他感到不胜委屈，寂寞使他苦恼，况且，除了母亲，全家个个都对他侧目而视。

---

① 佩蒂托（1607—1691），法国著名彩瓷画家，所制珐琅鼻烟壶在路易十五及路易十六的宫廷中甚为流行。法国流亡者携出的鼻烟壶有许多流入俄国。

父亲讨厌他那京城人的习惯，讨厌他的大礼服、他的衬衫的硬邦邦的高领子、他的书籍、他的长笛、他的洁癖——难怪人们都感到他总是憎嫌别人。父亲不住地发牢骚，对儿子不满。"我们这儿样样都不中他的意，"他说，"上了饭桌就挑三拣四，什么也不吃，人身上有气味啦，屋子里不透气啦，他都受不了，看见别人喝醉了酒他就难受，也不许在他跟前打架，又不肯去谋个差事：说什么身体不好，呸，真是个娇宝贝！这都怨他满脑子里都装着伏尔泰①。"老头子特别瞧不起伏尔泰，还有那个"狂信者"狄德罗②，尽管他们的著述他连一行也没有读过：读书与他是无缘的。彼得·安德烈伊奇并没有说错：的确，他儿子满脑子都装满了狄德罗和伏尔泰，而且，还不止他们两个——还有卢梭，还有赖纳尔③，还有爱尔维修④和其他许多和他们类似的著作家，——不过也仅仅是在头脑里而已。伊万·彼

---

① 伏尔泰（1694—1778），法国作家，启蒙运动哲学家，自然神论者。伏尔泰对法国大革命的思想准备和推动世界（包括俄国）社会哲学思想的发展，都起了莫大的作用。
② 狄德罗（1713—1784），法国唯物主义哲学家，作家，十八世纪革命的法国思想家，《百科全书》的倡办者和编纂者。
③ 赖纳尔（1713—1796），法国历史学家，社会学家，启蒙运动的代表人物。
④ 爱尔维修（1715—1771），法国唯物主义哲学家，革命的资产阶级思想家。

得罗维奇以前的老师，那位退职的天主教神甫和百科全书派①，满足于把十八世纪的全部高深的学说统统灌输给他的学生，而这个学生的头脑里倒的确是装得满满的；它们装在他的头脑里，却没有融入他的血液，没有深入他的灵魂，没有形成坚定的信念……不过，迄今为止我们也还没有达到那种程度，岂能要求五十年前的一个青年有什么信念呢？父亲家里的客人们在伊万·彼得罗维奇面前也感到拘束；他讨厌他们，他们也怕他。他跟比他大十二岁的姐姐格拉菲拉也是格格不入。这个格拉菲拉是个怪物；又瘦，又丑，还是个驼背，一双目光严肃的大张着的眼睛和一双紧抿着的薄嘴唇，无论是她的面貌、声音以及急促而笨拙的举动，处处都令人想起她的祖母，那个茨冈女人，安德烈的妻子。她生性固执，爱掌权，出嫁的话她连听都不要听。伊万·彼得罗维奇的回家很不合她的心意；他在库宾斯卡娅公爵小姐家里做养子的时候，她就希望至少能得到父亲的家财的一半。她的吝啬也像祖母。此外，格拉菲拉还嫉妒她的弟弟：他受过那么良好的教育，一口带巴黎腔的法语说得那么漂亮，而她连

---

① 以狄德罗为首的法国启蒙思想家团体。

"您好"和"近况如何"几乎都说不上来。固然,她的父母根本不懂法语,但是她并不因此而感到好受些。苦闷和寂寞使伊万·彼得罗维奇感到走投无路,他在乡下过了还不到一年,却已经觉得好像度过了十年。他只有对母亲可以讲讲心里话,一连几个小时坐在她那低矮的屋子里,听那善良的妇人的简单的絮叨,饱啖母亲做的蜜饯。碰巧,在安娜·帕夫洛夫娜的婢女里有一个非常俊俏的名叫马拉尼娅的姑娘,她生着一双温顺明亮的眼睛,秀丽的容貌,聪明而又温顺。伊万·彼得罗维奇和她初次见面就看上了她,接着又爱上了她:他爱她的怯生生的步态,羞答答的回答,轻柔的声音和文静的微笑;他越来越觉得她可爱。她也以整个心灵的力量眷恋着伊万·彼得罗维奇——只有俄罗斯少女才会如此眷恋——而且委身给他了。在乡下地主的家里,什么秘密都不会隐瞒长久:很快,人人都知道了少爷和马拉尼娅的关系,最后,这个消息也传到彼得·安德烈伊奇的耳朵里。要是在别的时候,他大概也不会去管这种无关紧要的小事,可是他对儿子积怨已久,巴不得有机会把这个彼得堡来的聪明人和花花公子羞辱一番。于是掀起了一场轩然大波,又是叫骂,又是喧嚷:马拉尼娅被锁在贮藏室里,伊万·彼得罗维奇被唤到父亲跟前。安娜·帕夫洛夫娜听到叫嚷也跑来了。她极力想劝丈夫息怒，可是彼得·安德烈伊奇什么也听不进去。他像老鹰似的扑到儿子面前，大骂他伤风败俗，不信上帝，假貌为善，趁此把郁结在心里的对库宾斯卡娅公爵小姐的满腔怨恨统统发泄到儿子身上，种种不堪入耳的话都劈头盖脸而来。起初伊万·彼得罗维奇还一言不发，挺着，可是当父亲威胁他说，要给他一种丢人的惩罚时，他实在忍不住了。"狂信的狄德罗又要出场了，"他心里想，"我要把他的教诲付诸行动，你们等着瞧吧，我会让你们都大吃一惊。"于是，伊万·彼得罗维奇虽然四肢都在颤抖，却用平静的声音不慌不忙地向父亲宣称，父亲骂他伤风败俗是没有理由的，虽然他并不打算为自己的过错分辩，他却要设法补救，因为他感到自己是高出于一切世俗的偏见之上，他更是心甘情愿地这样做，那就是——他准备娶马拉尼娅为妻。说出这一番话，伊万·彼得罗维奇无疑是达到了目的：彼得·安德烈伊奇被他吓得目瞪口呆，说不出话来；可是做父亲的立刻醒悟过来，身上还穿着松鼠皮镶边的皮袄，光脚穿着鞋子，就抡起拳头向伊万·彼得罗维奇扑过去。偏偏那天伊万·彼得罗维奇梳着泰塔斯①式的发式，身穿崭新的英国式蓝色燕尾服、带穗子的皮靴和漂亮的驼鹿皮紧身裤。安娜·帕夫洛夫娜拼命地大叫起来，用手捂住脸，这时她的儿子穿过整座房子，跳到院子里，又跑进菜园，冲进花园，飞也似的跑上大路，他一直头也不回地跑着，直到最后不再听到身后有父亲的沉重的脚步声和强烈的、上气不接下气的叫喊："你给我站住，流氓！"他吼叫着，"站住！要不我要诅咒你！"伊万·彼得罗维奇躲藏在邻近一个独院地主家里。彼得·安德烈伊奇回到家里已是精疲力竭，浑身大汗。他喘息未定，就宣布取消给儿子的一切祝福和继承权，吩咐烧掉他全部荒谬的书籍，把婢女马拉尼娅立即打发到一个遥远的村子去。有几个好心人找到伊万·彼得罗维奇，把一切情况都告诉了他。他又羞又恼，发誓要向父亲报复；当天夜里，他拦截了要把马拉尼娅送走的农家大车，抢走了她，带着她驱车跑到附近的城市里，同她结了婚。钱是由一个邻人周济的，那人是一个退职海员，终日喝得醉醺醺的，心地极其善良，最为喜欢，照他的说法，一切"高尚的事情"。第二天，伊万·彼

---

① 泰塔斯是古罗马皇帝。

得罗维奇给父亲写了一封客客气气的信，语气挖苦，冷淡，自己却前往他的远房表兄德米特里·佩斯托夫和妹妹——读者已经认识的马尔法·季莫费耶夫娜——的村子。他向他们诉说了一切，说他打算去彼得堡谋一个差事，恳求他们收留下他的妻子，哪怕是暂时的也好。说到"妻子"这个字的时候，他痛哭起来，不顾自己所受的京都的教养和哲学思想，竟低卑地、像一个地道的穷苦的俄国人那样，向自己的亲戚下跪，甚至把额头碰在地板上。佩斯托夫兄妹是富有同情心的好人，欣然同意他的请求；他在他们家里住了三个星期，心里暗暗等待着父亲的回信；但是回信没有来——而且也不可能来。彼得·安德烈伊奇得知儿子结婚的消息，就病倒了，吩咐不准在他面前提起伊万·彼得罗维奇的名字；只有做母亲的瞒着丈夫悄悄地向一位司祭借了五百卢布的纸币，派人把钱送给他，还送给他妻子一个小小的神像；①她不敢写信，只让她派去的那个一昼夜能走六十俄里的干瘦的农民告诉伊万·彼得罗维奇，叫他不要过于难受，上帝保佑，一切都会好起来，父亲的盛怒也会变为宽恕；她本来心目中的儿媳并

---

① 表示承认她为儿媳，并且祝福她。

不是这样的，但是，显然上帝的意旨如此，她也就给马拉尼娅·谢尔盖耶夫娜送去她做母亲的祝福。那个干瘦的农民得到一个卢布的赏钱，他请求见一见新少奶奶，因为他是她的教父，他吻过她的手，就往家里跑了。

伊万·彼得罗维奇心情轻松愉快地动身前往彼得堡。此去前途渺茫，也许是贫乏威胁着他，但是他终于离开了可憎的乡间生活，主要的是——他没有辜负他的导师们的教诲，果真把卢梭、狄德罗和《人权宣言》①的理想"付诸实践"，而且身体力行了。一种完成了一件义务的感觉、胜利感和自豪感充满了他的心灵；至于和妻子分别，他并不感到十分可怕，如果要他整天厮守着妻子，倒会使他难受。那件事已经完成；应该着手去干别的事情。在彼得堡，出乎他的预料，他竟很走运。库宾斯卡娅公爵小姐——麦歇库尔坦已经抛弃了她，但她还不曾死——为了向侄儿稍稍弥补前愆，把他介绍给自己所有的友好，还馈赠他五千

---

① 这是十八世纪法国大革命的纲领性文件，以孟德斯鸠、卢梭的政治学说为理论基础，1789年8月26日制宪会议通过。宣布人身自由、言论自由、信仰自由，公民在法律面前一律平等以及反抗压迫的权利是人的不可剥夺的权利。《人权宣言》在法国和欧洲反封建的斗争中有一定的积极作用。屠格涅夫把伊万·彼得罗维奇和农女的结婚讥讽地说为对上述思想的身体力行。

卢布（这几乎是她仅存的一点儿钱了）和一只列皮科夫制造的表，表壳上刻着他的姓名的简写，周围饰着一圈爱神像。不到三个月，他就在俄国驻伦敦的使馆里得到一个位置，搭上第一班启航的英国船只（那时候轮船根本还没有人说起），漂洋过海而去。几个月后，他接到佩斯托夫的来信。好心的地主祝贺伊万·彼得罗维奇的添丁之喜，儿子在一八〇七年八月二十日出生于波克罗夫斯基村，为纪念殉难圣徒费奥多尔·斯特拉季拉特取名费奥多尔。马拉尼娅·谢尔盖耶夫娜因为身体十分虚弱，只在信尾附上几行；但就是这寥寥的几行已经使伊万·彼得罗维奇惊讶不止了：他不知道，马尔法·季莫费耶夫娜已经教会他的妻子识字写字了。然而，伊万·彼得罗维奇并没有长时期沉湎于父爱的甜蜜激动之中：他正忙于向当时一位名噪一时的弗林或拉绮丝①（古典的名字当时还很流行）献殷勤；蒂尔西特和约②刚刚缔结，大家都急于尽情作乐，一切都卷入狂欢之中，如痴如醉，他也被一个活泼的美人儿的那双黑眼睛弄得神魂颠倒。他并没有多少钱，可是他的赌运很好，他广交朋友，凡是吃喝玩乐他无不参加，总之，他是扬着满帆前进了。

---

① 都是古雅典著名的艺伎。
② 沙皇亚历山大一世与拿破仑一世于一八〇七年七月在蒂尔西特亲自签订的和约。

9

　　老拉夫列茨基很久不能原谅儿子的结婚；假如过上半年，伊万·彼得罗维奇能低头认罪，跑来跪在他的脚下，老头儿也许会宽恕他，先把他痛骂一顿，用拐杖揍他几下来吓唬吓唬他，可是伊万·彼得罗维奇在国外逍遥自在，显然是根本不来理会这回事。"住嘴！你敢再提！"只要妻子露出一点儿口风要为儿子求情，彼得·安德烈伊奇就喝道，"他这个狗崽子，我没有诅咒他，他就该一辈子为我祷告上帝才是，要是碰在我死去的爹手里，他不亲手揍死这个混蛋才怪，而且揍得让人心里痛快。"安娜·帕夫洛夫娜听了这样吓人的话，只能暗暗地画十字。至于伊万·彼得罗维奇的妻子，彼得·安德烈伊奇起初连听都不要听；佩斯托夫在给他的信中提到他的儿媳，他在复信中竟说他根本不知道有什么儿媳，还说，他认为有义务提出警告，法律严禁收留逃走的女奴；后来，当他知道添了个孙子，他的心软了，叫人顺便向产妇问好，还给她送去一点儿钱，不过装做并不是他送的。费佳不满周岁，安娜·帕夫洛夫娜得了不治之症。在临终前几天，她已经不能起床，她的黯淡无光的眼睛里胆怯地含着泪水，当着接受她忏悔的牧师的面对丈夫说，她希望和儿媳见上一面，和她告别，并且为小孙儿祝福。伤心的老人安慰了她，立刻派了他自己的马车去接儿媳，第一次称她马拉尼娅·谢尔盖耶夫娜。马拉尼娅·谢尔盖耶夫娜带着儿子和马尔法·季莫费耶夫娜一同来了。马尔法·季莫费耶夫娜怕她受人欺侮，说什么也不肯让她只身前来。吓得半死的马拉尼娅·谢尔盖耶夫娜走进彼得·安德烈伊奇的书房。奶娘抱着小费佳跟在后面。彼得·安德烈伊奇默默地看了她一眼；她走上前去拿起他的手，她的颤抖的嘴唇在他手上好不容易无声地吻了一下。

"好啊，平步登天的贵族少奶奶，"他终于说，"你好，我们去看看太太吧。"

他站起身来，弯下腰看看费佳，小家伙笑了，把苍白的小手朝他伸过来。老人的心软了。

"啊,"他喃喃地说,"没爹的孩子!你来替你爹向我求情了;我不会不管你的,我的小鸟儿。"

马拉尼娅·谢尔盖耶夫娜一走进安娜·帕夫洛夫娜的房间,就在门边跪下了。安娜·帕夫洛夫娜招手叫她到床前去,拥抱了她,并且为她的儿子祝福,然后,把被残酷的病魔折磨得只剩皮包骨头的脸转向丈夫,想说什么……

"我知道,我知道你有什么请求,"彼得·安德烈伊奇说,"你别难受:她要留在我们这儿,为了她的缘故,我也饶恕了万卡①。"

安娜·帕夫洛夫娜使劲抓住丈夫的手,把嘴唇贴在上面。当天晚上,她就溘然长逝了。

彼得·安德烈伊奇遵守自己的诺言。他通知儿子,看在他母亲弥留时遗愿的分上,看在小家伙费奥多尔的分上,他恢复他给他的祝福,并且把马拉尼娅·谢尔盖耶夫娜留在家里。拨了阁楼上的两个房间给她,让她会见他最尊敬的客人——独眼的斯库列亨旅长和他的妻子;给她两个婢女和一个小僮供她使唤。马尔法·季莫费耶夫娜辞别了她

---

① 万卡是伊万的爱称。

走了：她讨厌透了格拉菲拉，一天之中就跟她吵了三次。

起初，这个可怜的女人的处境是痛苦而难堪的；可是，渐渐地她学会了忍气吞声，对公公也习惯了。他也习惯了她，甚至有些喜欢她，虽然他几乎从来不跟她说话，即使在对她和颜悦色的时候，也不由自主地流露出蔑视的神情。最给她气受的是她的大姑子。母亲在世的时候，格拉菲拉就逐步逐步地把全家的大权独揽在手里；全家，从父亲起，个个都得听她的；不得到她的准许，连一块方糖都不能拿；她宁愿死也不愿意让另一个主妇来分她的权力——何况还是这样的主妇！弟弟的婚事，使她比彼得·安德烈伊奇更为恼怒：对这个爬上高枝的女人，她一定要叫她知道厉害，于是马拉尼娅·谢尔盖耶夫娜从第一个钟头起就成了她的奴隶。一向腼腆、担惊害怕、温顺而又体弱的她，哪里是那个专横跋扈的格拉菲拉的对手呢？格拉菲拉没有一天不向她提起她往昔的身份，没有一天不夸她没有忘本。不管这些提醒和夸奖是多么令人痛苦，马拉尼娅·谢尔盖耶夫娜倒也愿意咽下这口气……但是，他们夺走了她的费佳，这就使她的心碎了。他们借口她管不了孩子的教育，几乎不让她接近他。孩子的教育由格拉菲拉来管，孩子就完全由她支配了。马拉尼娅·谢尔盖耶夫娜十分伤心,在给伊万·彼得罗维奇的信中开始恳求他快些回来;彼得·安德烈伊奇也想和儿子见面,但是他在复信中只是一味敷衍,说他感激父亲收留了他的妻子,感谢父亲寄给他的钱,答应不久就回来——结果却不见踪影。一八一二年①终于把他召唤回国了。六年的暌离之后初次见面,父子二人拥抱了,对于过去的龃龉甚至绝口不提,而且那时候也顾不上这些:俄罗斯举国上下奋起对敌,他们俩都感到,俄罗斯的血液在他们的血管里奔流。彼得·安德烈伊奇给一个后备军团捐献了被服。但是战争结束了,危险过去了;伊万·彼得罗维奇又感到无聊起来,他所习惯的、在那里感到如鱼得水的那个遥远的世界又召唤着他。马拉尼娅·谢尔盖耶夫娜留不住他:她对他是太无足轻重了。甚至她的希望都未能实现:她的丈夫也认为,把教育费佳的担子委托给格拉菲拉更为相宜。伊万·彼得罗维奇的可怜的妻子受不了这个打击,也经不住这第二次的别离,几天之后,她就抱恨死去。在她的整整一生中,她从来都是逆来顺受,同疾病

---

① 指一八一二年拿破仑入侵的战争。

她也没有作斗争。她已经不能说话，坟墓的阴影已经笼罩在她脸上，可是她的面貌仍然表现出忍耐的困惑和一贯的温顺。这时，她眼睛里含着同样默默的柔顺望着格拉菲拉，也像安娜·帕夫洛夫娜临终前在病榻上亲吻彼得·安德烈伊奇的手那样，她把嘴唇贴在格拉菲拉的手上，把自己唯一的儿子托付给格拉菲拉。这个温文善良的人儿就这样结束了她的尘世生涯，就像一棵幼树不知为什么被人从养育它的土壤里拔了出来，立刻被扔在一旁，根部曝晒在太阳下面；它枯萎了，消失了，没有留下一点儿痕印，也没有人为它伤心。为马拉尼娅·谢尔盖耶夫娜惋惜的只有她的婢女，此外还有彼得·安德烈伊奇。老人再也看不到这个沉默寡言的人儿，感到惘然若失。"原谅我——永别了，我的温顺的人儿！"在教堂里他最后一次给她行礼的时候，低声说。他流着眼泪把一撮土扔到她的坟上。

他自己也没有比她多活很久——不过五年。他带着格拉菲拉和孙儿去莫斯科，一八一九年冬天在那里静静地死去，遗言嘱咐把他葬在安娜·帕夫洛夫娜和"马拉莎"①

---

① 马拉莎是马拉尼娅的爱称。

旁边。当时，伊万·彼得罗维奇正在巴黎寻欢作乐。他在一八一五年之后不久就退职了。得知父亲的死讯后，他决定回到俄国。需要考虑一下产业的管理，还有费佳，据格拉菲拉的信中说，他已经过了十二岁，是认真抓紧他的教育的时候了。

10

伊万·彼得罗维奇回到俄国来,完全像一个英国人。他那剪短的头发,浆硬的高领,有着多层活领的、豆绿色长裾礼服,一脸不满的神气,生硬而又冷漠的态度,从牙缝里发出的声音,没有表情的、突然发出的笑声,板着的面孔,专谈政治和政治经济问题的谈话,对半生不熟的煎牛排和葡萄酒的嗜好——他身上的一切都散发着大不列颠的味道,似乎全身都充满大不列颠的精神。但是——说来真怪!伊万·彼得罗维奇虽然成了个英国迷,但同时又成了一个爱国者,至少,他自称是爱国者,虽然他对俄国极不了解,他没有一点儿俄国的习惯,讲起俄语来也是怪腔怪调:在日常谈话中,他那没精打采的笨拙的言语里夹杂着法文用语,但是谈话只要涉及重要的话题,他就满口都是诸如"对自我努力予以新的尝试"、"这不符合事情的本质"之类的话。伊万·彼得罗维奇带回来几份有关国家制度与改进的手稿；他对于看到的一切都极为不满——缺乏制度尤其使他大为恼火。和姐姐见面的第一句话就是向她宣称，他打算来个根本的改革，今后，他的一切都要按照新的制度办理。格拉菲拉·彼得罗夫娜一句话也没有回答他，只是咬紧牙齿心里想："这下子，叫我到哪里去呢？"可是当她陪同弟弟和侄儿回到乡下之后，她马上放心了。家中的确发生了某些变化：那批食客和寄生虫立刻被赶了出去；其中苦了两个老婆子——一个瞎子，一个瘫痪，还有一个是攻克奥恰科夫①时期的衰老的少校，因为他实在贪吃得惊人，只给他吃黑面包和扁豆。还下了命令，不得接待以前的客人：代替他们的是一个远邻，一位病弱的金发男爵，此人受过极好的教育，却其笨无比。从莫斯科运来了新家具；使用起痰盂，唤人用的小铃、盥洗小桌；早餐时上菜也与以前不同，外国酒代替了伏特加和家酿甜酒，仆人穿上了

---

① 奥恰科夫在公元十六世纪时为土耳其城堡，一七八七至一七九一年俄土战争期间，于一七八八年被俄军占领。

新号衣，家族纹章上加了一条题词："守法即美德。"①实际上，格拉菲拉的大权丝毫没有削弱：一切的支出和采购照旧由她做主；从国外带来的一个阿尔萨斯的侍仆试图和她较量一下——结果却丢掉了位置，尽管主人袒护他。至于家务和庄园的管理（这些事情格拉菲拉·彼得罗夫娜也要插手），尽管伊万·彼得罗维奇一再表示自己的意愿：要给这一团混乱里注入新的生命，——但是一切都依然如故，只是有的赋税反而增加了，劳役加重了，而且农民们有事也不准直接来见伊万·彼得罗维奇：这位爱国者实在太瞧不起自己的同胞了。伊万·彼得罗维奇的那套制度只有在费佳身上才得到充分的应用：费佳的教育受到"根本的改革"：做父亲的专心致志地来管教他。

---

① 原著中是拉丁文。

11

在伊万·彼得罗维奇归国之前,我们已经说过,费佳一直由格拉菲拉·彼得罗夫娜照管。母亲死的时候,他还不满八岁。他不能每天和她见面,却非常爱她:对于她的记忆,她那平静苍白的脸,忧郁的眼神和那怯生生的爱抚,都永久铭记在他心头;但是他也模糊地懂得她在家中的地位;他感觉到在他和她之间有着一道她所不敢也不能冲破的樊篱。他怕见父亲,父亲也从不爱抚他。祖父偶尔还摸摸他的小脑袋,让他吻自己的手,然而叫他小怪物,当他是一个小傻瓜。马拉尼娅·谢尔盖耶夫娜一死,姑姑就完全掌握了他。费佳怕她,怕她那双目光锐利的、发亮的眼睛和她那刺耳的声音;在她面前他不敢吭声,往往他在椅子上只要稍微动一下,她马上就厉声喝道:"往哪儿去?给我老老实实地坐着。"每星期天，做完午祷，准许他去玩一会儿，那就是，给他一本厚厚的、内容深奥的书，是一位马克西莫维奇·安博季克的著作，书名《象征与图谱》。书里大约有上千幅图画，大部分都非常费解，五种文字的说明也是同样地费解。这些图画里面，多数是肥胖的裸体爱神。其中一幅题名《番红花与彩虹》，说明是:《影响最大》；对着它的那一幅上画着《衔着紫罗兰的飞鹭》，说明是:《它的要点你知道》，另一幅《爱神与舐幼子的母熊》，说明是：《慢慢来》。费佳把这些画翻来覆去地看了又看；对于它们的详情细节，都快背得出了。其中有几幅——总是同样的那几幅——引起他的沉思，刺激他的想象；此外他就没有任何娱乐。到了他应该学习语文和音乐的时候，格拉菲拉就花很少的钱给他雇用了一个生着兔子眼睛的瑞典老处女，她法语和德语都讲得很糟，勉强会弹弹钢琴，可是，腌起黄瓜来却是拿手。费佳跟着这位女教师、姑姑和老女仆瓦西里耶夫娜在一起，度过了整整四个年头。他常常捧着他的那本《图谱》坐在角落里——坐着……坐着，低矮的屋子里散发着天竺葵的气味。一支油脂蜡烛黯淡地燃点着，一只蟋蟀好像感到寂寞似的单调地叫着，墙上的小挂钟匆匆地嘀嗒嘀嗒地响着，一只耗子在糊墙纸后面悄悄地刨着，咬啮着；而三位老处女，就像三位命运女神①一样，默默地、迅速地拨动着织针，她们的手的影子在半明半暗之中时而闪过，时而奇怪地抖动；一些奇怪的、同样阴暗的思想也纷纷麇集在孩子的头脑里。没有人会叫费佳是个漂亮的孩子：他的面色相当苍白，然而很胖，四肢不匀称，笨手笨脚——照格拉菲拉·彼得罗夫娜的说法，——是个地道的乡巴佬；其实，如果让他常到外面去多见见阳光，他脸上的苍白很快就会消失。他学习得相当不错，不过常常要偷懒；他从来不哭，可是有时他那古怪的牛脾气要是发作起来，那时谁也拿他没有办法。周围的人，他一个也不爱……一颗从小就不知道爱的滋味的心，是痛苦的！

伊万·彼得罗维奇回来的时候，看到的儿子就是这个样子。他抓紧时间，立即对儿子实行他的制度。"首先，我要把他教育成一个人，人，"他对格拉菲拉·彼得罗夫娜说，

---

① 希腊神话中司命运的三女神，人们把她们想象为三个老太婆。

"不仅仅是一个人,而且还是一个斯巴达人①。"伊万·彼得罗维奇实行自己的意图,第一步是让儿子穿上苏格兰服装,这个十二岁的少年就裸露着小腿,舒适的帽子上插一根翎毛,一位熟谙体操的年轻瑞士人代替了瑞典老处女;音乐不是男子汉该学的玩意儿,这门功课干脆永远取消;自然科学、国际法、数学、木工(是按照卢梭的主张);还有纹章学,是为了培养骑士的尚武思想感情,——这些就是这个未来的"人"必须学习的课程;清晨四点钟他就被叫起来,马上用冷水冲一冲身子,就被逼着拉住一根绑在高柱上的绳子,围绕着柱子奔跑;他每天只能吃一餐,只有一道菜,他得骑马射箭,一有适当的机会,就要依照父亲的榜样,锻炼坚强的意志;每天晚上要在一本专用的本子上记下一天所做的事和他的体会;至于伊万·彼得罗维奇呢,他用法语给儿子写下训言,在训言中称他为我儿和您。费佳虽然用俄语称呼父亲:"你",但是在他面前却不敢坐下。"制度"把孩子弄糊涂了,脑子里一团混乱,精神受到压抑;然而,新的生活方式对他的健康却起了良好的效果:刚开始他生了一场热

---

① 古希腊的斯巴达人自幼受军事体育训练,以培养克服困难的坚韧精神。

病，但是很快就恢复了，成了一个壮实的小伙子。父亲颇为得意，用自己的奇怪的语言称他："自然之子，我的杰作。"费佳年满十六岁时，伊万·彼得罗维奇认为有义务及早给他激起对女性的蔑视——结果，这位年轻的、心里还怀着胆怯的斯巴达人，嘴上刚长出茸毛，浑身充满精力和热情，却已经竭力装出一副满不在乎、冷漠而粗暴的样子。

这时候，光阴流逝。一年之中，伊万·彼得罗维奇多半时间在他祖传的主要庄园拉夫里基度过，冬天就只身去莫斯科，住在小饭店里，频繁地去俱乐部，在人家的客厅里高谈阔论，阐说自己的种种计划，举止之间表现出比任何时候都像一个英国派，像一个牢骚满腹的政治家。可是一八二五年①到来了，随着带来了重重苦难。伊万·彼得罗维奇的熟人和友好都受到严峻的考验。伊万·彼得罗维奇赶紧避往乡间，闭门不出。又过了一年，伊万·彼得罗维奇的身体不行了，他突然消瘦，变得虚弱起来，一蹶不振了。这个自由思想者——竟开始去教堂，还请牧师来做祈祷；这个欧化的人——竟然洗起蒸汽浴②，两点钟吃午饭，九

---

① 指一八二五年的十二月党人起义。
② 俄国农村的蒸汽浴，被西欧视为不文明。

点钟上床，让一个老家人絮絮叨叨地说着家常来给他催眠；这位政治家——竟把自己全部的计划和来往信件都付之一炬，在省长面前战战兢兢，见了县警察局长都要巴结奉承；这个意志坚强的人——竟会因为长了脓疮而啜泣，因为给他端来的汤不热而诉苦。格拉菲拉·彼得罗夫娜重又掌握起全家的大权；管家们、村长们、普通的庄稼人，又开始从后门进来见"老泼妇"（仆人们给她起的外号）了。伊万·彼得罗维奇的变化使儿子大为震惊；他已经十九岁了，他开始思考问题，要从压制着他的巨掌下摆脱出来。他原先已经发现父亲的言行不一，嘴里奢谈着自由主义的理论，行动上却是冷酷狭隘的专制主义，但是他绝没有料到会来这样一个突变。冥顽不灵的利己主义者竟突然原形毕露了。年轻的拉夫列茨基正准备去莫斯科进大学，可是一个新的灾难竟像晴天霹雳似的临到了伊万·彼得罗维奇的头上：在一天之内，他双目失明了，无可挽救地失明了。

他不相信俄国医生的医道，想方设法申请出国就医。他的请求被驳回了。于是，他就带着儿子整整三年走遍了整个俄国，不断地从一个城市到另一个城市，到处求医。他既没有胆量，又没有耐性，把医生们、他的儿子和仆人都弄得束手无策。回到拉夫里基，他完全成了一个废物，成了一个好哭任性的孩子。痛苦的日子来了，全家都为他受罪。伊万·彼得罗维奇只有在吃东西的时候才能安静，他从来没有这么馋，吃得这么多过；剩下的时间，他自己既不得安宁，也不让别人安宁。他祈祷，怨天尤人，骂自己，骂政治，骂政治制度，骂他从前吹嘘和夸耀过的一切，骂他从前逼着儿子奉为典范的一切；他一再说他什么都不相信，说完又祷告起来；他连片刻的孤独都不能忍受，要求家人们不分昼夜地陪着他坐在他的圈椅旁边，给他讲故事，可是他又不时打岔，喊着："你们都是撒谎——简直是胡扯！"

最受罪的是格拉菲拉·彼得罗夫娜；他少了她简直不行——她也始终满足病人的种种任性的要求，虽然她有时不能立即回答他问的话，免得自己的语调里会流露出她的满腔怨恨。就这样，他又拖了两年，终于在五月初死去。那一天，他被抬到阳台上晒太阳。"格拉莎，格拉什卡！① 我要清汤，我要清汤，你这个老傻……"他的僵硬的舌头

---

① 格拉莎和格拉什卡都是格拉菲拉的小名。

嘟嘟哝哝地说，最后一个字没有说完，他就永远地沉默了。格拉菲拉·彼得罗夫娜刚从仆人手里接过一碗清汤，这时她望了望弟弟的脸，愣住了，慢慢地画了一个大大的十字，默默地走开。当时在场的儿子也是一言不发，倚着阳台的栏杆，久久地凝视着花园。花园里芳香扑鼻，满目青翠，在春天金色的阳光下绚烂夺目。他已经二十三岁了。这二十三个年头是多么可怕、多么迅速地不知不觉地过去了！……现在，生活在他面前展开着。

12

埋葬了父亲,把管理田产和督促管家们的事宜托付给那位始终如一的格拉菲拉·彼得罗夫娜之后,年轻的拉夫列茨基就动身前往莫斯科,那边有一种朦胧的、然而强烈的感情吸引着他。他意识到自己受的教育有缺陷,立志要尽可能弥补过去的不足。最近五年里,他读了许多书,也见过一些世面,许许多多的思想麇集在他的头脑里;任何一位教授都会羡慕他在某些方面的知识,然而有许多是任何一个中学生早就知道的东西,他却不知道。拉夫列茨基意识到自己太拘谨,暗自感到自己有些怪僻。那位英国迷跟自己的儿子开了一个恶意的玩笑;他那匪夷所思的教育结出了果实。多年来,他对父亲一直唯命是从,完全听他摆布,等他终于识透父亲的为人时,错误已经铸成,习惯已经根深蒂固了。他不善于与人交往：已经二十三岁的人，一颗害羞的心里怀着对爱情的不可遏制的渴慕，却还不敢对任何一个女性正视一眼。他的头脑清楚，健全，虽然有些迟钝，性情偏于固执，喜欢沉思和疏懒。按说，他在少年时候就该投身到生活的旋涡中去，然而他却被迫生活在人为的孤独之中……现在，禁锢着他的魔法圈被拆除了，他却依然站在原地不动，心无旁骛，与世隔绝。像他这般的年纪穿上大学生的制服是可笑的，但是他并不怕别人讪笑：他所受的斯巴达式教育至少在这一点上生了效，使他对别人的议论完全置之不理，——于是他毫不在乎地穿上了大学生制服。他进了数理系。他身体健康，面颊红润，已经留起了胡子，而且沉默寡言，使同学们对他产生了奇怪的印象；他们没有料到，这个乘着宽大的乡村双马雪橇准时前来听课、外表严峻的汉子，内心却几乎像个孩子。他们觉得他好像是个古怪的迂夫子，他们无求于他，不来讨好他，他也躲着他们。他在大学的头两年里，只跟一个给他补习拉丁文的大学生交上朋友。这个大学生叫米哈列维奇，为人热情，会写诗。他真心地喜欢拉夫列茨基。是他，阴差阳错地造成了拉夫列茨基命运中的重大转折。

有一天，在剧院里（那时莫恰洛夫①的声誉正是登峰造极；拉夫列茨基从不错过一场他的演出），拉夫列茨基看到二楼包厢里的一个姑娘，虽然那时任何一个女性走过他那面容阴郁的身旁时都会使他心动神摇，然而他的心还从未像这样猛烈地跳动过。那姑娘把臂肘支撑在天鹅绒的包厢边上，安然地坐着。在她那微黑的、爱娇的、圆圆的脸上，每个线条都焕发着敏感的青春活力；在两道纤眉下温柔地凝视着的明眸里，在她那富于表情的朱唇上掠过的一丝微笑里，以及她的头部、手臂和颈部，——无一不显出娴雅和聪明；她的装束也是精美无伦。她旁边坐着一个四十五岁上下的、袒胸露肩、满脸皱纹的黄脸女人，戴着黑色的高帽，呆板的、心事重重的脸上露出瘪嘴的微笑，包厢深处有一个上年纪的男子，身穿宽大的常礼服，系着高领带，脸上带着迟钝的傲慢，小眼睛里流露出某种阿谀奉承的怀疑，留着染色的髭须和颊须，前额有些过分地宽大，面颊上全是皱纹——从种种征状看来，是一位退役的将军。拉夫列茨基目不转睛地望着那令他惊为天人的姑娘；突然间，

---

① 莫恰洛夫（1800—1848），俄国演员，俄国戏剧舞台上浪漫主义的杰出代表。

包厢门打开了，米哈列维奇走了进去。这个差不多是他在全莫斯科唯一熟人的出现，出现在那唯一吸引了他全部注意力的姑娘的圈子里，拉夫列茨基觉得是不可思议的，而且有着深意。他继续不时望着那个包厢，发现包厢里面的人对米哈列维奇都像对待老朋友似的。台上的演出不再吸引拉夫列茨基；就连莫恰洛夫本人，那天晚上尽管"使出浑身解数"，也没有能给他留下像平时那样的印象。台上演到一个非常感人的场面时，拉夫列茨基不禁又向他的美人儿瞧了一眼：她整个身子前倾着，双颊绯红；在他那执著的注视的影响之下，她的注视着舞台的眼睛慢慢地转过来，停留在他身上……整个夜晚，这双眼睛一直在他眼前闪动。人为的堤坝终于崩溃了：他又是颤抖，又是心如火焚，第二天，他就去找米哈列维奇去了。他从米哈列维奇那里知道，那位美人名叫瓦尔瓦拉·帕夫洛夫娜·科罗宾娜；和她在同一包厢里的老人和老妇人是她的父母；米哈列维奇自己，则是一年前在莫斯科近郊的 X[①]伯爵家里当家庭教师时和他们相识的。这个热心人极口称赞瓦尔瓦拉·帕夫洛夫娜·科

[①] 俄文字母，发音类似"哈"。——编者注

罗宾娜。"我的兄弟，这是，"他用他特有的激动的、唱歌似的声音说，"这位姑娘真是了不起，是天才，一个真正的艺术家，而且又是非常善良。"从拉夫列茨基的问话里，他看出瓦尔瓦拉·帕夫洛夫娜给他留下的印象之深，主动提出要给他介绍，还说，他在他们家里就像自家人似的；将军非常平易近人，那位母亲简直是其笨无比。拉夫列茨基脸红了，嘟嘟哝哝地说了什么就溜掉了。他和自己的胆怯整整斗争了五天；到第六天上，年轻的斯巴达人穿上一身新制服，把自己完全交给米哈列维奇支配，米哈列维奇因为自己和他们家像自家人似的，只是把头发梳了梳，——两人就到科罗宾家去了。

13

瓦尔瓦拉·帕夫洛夫娜的父亲帕维尔·彼得罗维奇·科罗宾是一位退役的少将,一生都在彼得堡服役,年轻时是一个出名的身手不凡的跳舞家和操练能手。他因为家道贫寒,只得在两三位不得意的将军手下当副官,娶了其中一位将军的女儿,得到两万五千卢布的陪嫁。他对于操演和检阅等等的学问,样样精通;他辛辛苦苦,勤勤恳恳地干了二十个年头,终于弄到一个将军的军衔,当上了团长。其实,这时他就该松一口气,逐渐巩固自己的功名地位才是;他本来也是如此打算的,可是他对事情的处理有些欠妥:他想出一个挪用公款的新办法——办法倒是极妙,可是该花钱的时候他又过于吝啬了些:结果他被告发了,闹出的事情岂止只是不愉快,简直成了丑闻。将军多方奔走,总算从这桩丑事中脱身,但是前程却断送了:有人劝他退役算了。他却又在彼得堡挨了两年,希望说不定会碰上一个文官的美差;但是美差没有碰上;女儿又从贵族女子中学毕业,开支一天天地增加……他迫不得已,为了撙节支出,下决心迁往莫斯科。他在老厩街租下一幢又矮又小的房屋,屋顶上竖着一俄丈高的族徽,每年开销二千七百五十卢布,在莫斯科过起退役将军的寓公生活来。莫斯科是一座好客的城市,凡是来客,不论是谁,一概欢迎,更何况是一位将军呢。帕维尔·彼得罗维奇的虽然笨重而不乏军人仪容的身形很快就开始在莫斯科最豪富之家的客厅里出现了。他的光秃的后脑勺,一绺绺染过的头发,鸦青色的领巾上佩着油腻的安娜勋章的绶带,——就为所有落落寡欢、面容苍白、别人跳舞时却神情抑郁地围着牌桌走来走去的少年们所熟悉了。帕维尔·彼得罗维奇懂得在交际场所怎么举止得体;他很少说话,要说也是按照老习惯,带着鼻音,——当然,对官级高的并不如此;他打牌很小心谨慎,在自己家里吃饭很有节制,可是做客的时候,食量却可以抵得上六个人。关于他那位夫人几乎无可奉告:只能说,她的名字叫卡利奥帕·卡尔洛夫娜;她的左眼老是挂着一滴眼泪,因此,卡利奥帕·卡尔洛夫娜(她是德国血统)就自认为是个多情善感的女人;她永远是惶惶不可终日,好像是永远吃不饱似的。她总穿一件紧窄的天鹅绒衣服,戴着高顶帽和光泽晦暗的空心手镯。帕维尔·彼得罗维奇和卡利奥帕·卡尔洛夫娜的独女瓦尔瓦拉·帕夫洛夫娜在某贵族女子中学毕业的时候,刚满十七岁。在学校里,如果她算不上第一号美人,那么准能算得上是最聪明的学生和最优秀的音乐家,得过花字奖章①。拉夫列茨基第一次看见她,她还不满十九岁。

---

① 俄国皇后奖给中学女生毕业时成绩最佳者的奖章。

14

当米哈列维奇领着拉夫列茨基走进科罗宾家陈设相当简陋的客厅,把他介绍给主人们的时候,这位斯巴达勇士不禁两腿发软。但是他的胆怯感很快就消失了:将军本来就具有所有俄国人天生的温厚,再加上凡是名誉上曾有过些污点的人所特有的殷勤;将军夫人不知怎么很快就悄悄地走开了;至于瓦尔瓦拉·帕夫洛夫娜,她是那么平静,那么自信而亲切,使任何人在她面前立刻就会感到毫不拘束。何况她那整个迷人的娇躯,那含笑的双眸,那天真地微垂的双肩和略带玫瑰色的手臂,那轻盈同时又似慵懒的步态,那徐缓而又甜蜜的声调,一切都散发着一种像幽香般的若有若无的迷人的魅力,一种温柔的、还是怯生生的爱抚,一种难以言传的,然而感人至深、引人遐想的力量，——当然，引起的决不是胆怯。拉夫列茨基谈到戏剧和昨晚的演出，她也立刻主动谈起莫恰洛夫，并不仅仅限于赞赏和叹息，而是对他的演技提出了几点中肯的、只有女性细致的观察力才能作出的批评。米哈列维奇提到音乐，她就落落大方地在钢琴前坐下，熟练地弹奏了几支当时刚刚流行的萧邦的玛祖卡曲。午餐时间到了；拉夫列茨基要走，但是被留住了。席上，将军用上好的法国红葡萄酒款待他，那是将军的仆人特地驱车到德普列饭店去买来的。拉夫列茨基很晚才回家，他衣服也没有脱，一手捂着眼睛，久久地呆坐着，沉醉在她的魅力之中。他觉得，直到现在，他才懂得生活的价值；他一切的打算和志愿，这一切的胡思乱想，霎时间都消失了。他的整个心灵都融成一种感情，一种愿望——向往着幸福、占有、爱情，女性的甜蜜的爱情。从此，他就成了科罗宾家的常客。半年后，他向瓦尔瓦拉·帕夫洛夫娜倾诉了自己的爱情，并且向她求婚。他的求婚被接受了。很久很久以前，差不多就在拉夫列茨基初次造访的前夕，将军就问过米哈列维奇，拉夫列茨基有多少农奴；而瓦尔瓦拉·帕夫洛夫娜在这个青年人追求她的整个期间，甚至在他倾诉爱情的那一刻,都保持着她平素的平静和沉着,而且瓦尔瓦拉·帕夫洛夫娜也知道得清清楚楚,她的未婚夫很有钱;卡利奥帕·卡尔洛夫娜心里想的是:"我女儿找到一门好亲事。"[①]——便给自己买了一顶新帽子。

[①] 原著中是德文。

15

这样，他的求婚就被接受了，不过有几个附带条件。首先，拉夫列茨基必须立即离开大学：有谁肯嫁给一个大学生，而且，一个有钱的地主，已经二十六岁，还像一个小学生那样去上课，岂非异想天开？第二，瓦尔瓦拉·帕夫洛夫娜愿意不辞劳苦地去采购全部妆奁，甚至挑选未婚夫送她的礼品。她有许多实际的主意，很高的审美能力，非常爱舒适,而且极有本领为自己取得这种舒适。婚礼完毕，夫妻双双立即乘坐她选购的舒适的马车前往拉夫里基的时候，她的这种本领格外使拉夫列茨基惊叹不置了。他身边的一切，都经过瓦尔瓦拉·帕夫洛夫娜多么精心的考虑和设想，多么周密的预见啊！在各个舒适的角落里，出现了多么可爱的旅行用品，多么迷人的化妆盒和咖啡壶。每天早上瓦尔瓦拉·帕夫洛夫娜亲手煮咖啡的模样又是多么动人啊！然而，拉夫列茨基那时候是没有闲情来观察的：他感到无比欢乐，他被幸福所陶醉；他像个孩子，完全沉湎在幸福之中……这个年轻的阿尔基德①，也的确天真得像个孩子。难道他年轻的娇妻不是周身散发着勾魂的魅力，难道她不是许诺给予他从未尝过的无穷神秘的欢乐么？她所做到的比她许诺的更多。在酷暑中他们来到拉夫里基，她觉得这里的屋子又脏又暗，仆人们都是那么老态龙钟而且滑稽可笑，但是她认为这些事对丈夫连提都不必一提。假如她有意在拉夫里基久住，她就会把一切都加以改造，当然，先从装修房子着手。但是，要定居在草原上这个偏僻所在的念头，她头脑里连一分钟也没有想过。她把住在这儿当做露宿时住帐篷一样，毫无怨言地忍受着种种不便，对这些不便只是开玩笑地说上几句。马尔法·季莫费耶夫娜来看看她抚养过的孩子，瓦尔瓦拉·帕夫洛夫娜对她颇有好感，但是她却不喜欢瓦尔瓦拉·帕夫洛夫娜。新主妇和格拉菲拉·彼得罗夫娜的关系也不融洽。她本来可以不去干预格

---

① 即希腊神话中的大力士赫拉克勒斯。

拉菲拉的事，但是科罗宾老头儿颇想插手女婿的事务：他说，即使是个将军，给这样的近亲来管理家财也不是丢人的事。可以设想，即使让他去给一个素不相识的人管理产业，他也未必会感到有失体面。瓦尔瓦拉·帕夫洛夫娜的进攻是极为巧妙的，她自己并不出面，表面看来，她似乎完全沉醉在蜜月的欢乐里，沉醉在宁静的村居生活里，在音乐和阅读之中；其实，她却一步一步地把格拉菲拉逼到忍无可忍的地步。有一天早上，格拉菲拉像疯了似的冲进拉夫列茨基的书房，把一串钥匙往桌上一扔，声称她再也管不了这个家，不愿意再待在村子里了。拉夫列茨基早已胸有成竹，当即同意让她离开。这一着却是格拉菲拉·彼得罗夫娜所没有料到的。"好吧，"她说，眼前一阵发黑，"我看得出，我在这里是个多余的人！我知道，是谁把我从这里，从我的老窝里撵走的，只是你要记住我的话，侄儿：你无论在哪儿都安不起一个家，你要流浪一辈子。这就是我给你的临别赠言。"她当天就离开，到自己的小庄园去了。过一个星期，科罗宾将军就驾到了，他的目光之中和举止之间都带着既高兴又发愁的神气，把全部产业的管理大权都揽到自己手里。

九月里，瓦尔瓦拉·帕夫洛夫娜偕同丈夫去彼得堡。她在彼得堡的一所非常漂亮、明亮、陈设雅致的寓所里过了两个冬天（夏天他们去皇村①避暑）；他们在中层社会，甚至上层社会里结识了许多朋友，频频外出拜客，也在家招待朋友，举行高雅绝伦的小型音乐会和舞会。瓦尔瓦拉·帕夫洛夫娜好像灯焰吸引飞蛾那样吸引着宾客。费奥多尔·伊万内奇并不太喜欢这种闲散的生活。妻子劝他出去供职，他想起父亲过去的情景，也出于自身的考虑，不愿意去，只是为了取悦于妻子，仍旧留在彼得堡。然而，他很快就明白，并没有人妨碍他过清静孤独的生活，他的书房在全彼得堡堪称是最清静、最舒适的书房，他的体贴入微的妻子甚至乐于促使他过孤独的生活，——从那时起，一切都非常顺遂。他又重新拾起他认为是未完成的学业，又开始读书，甚至着手学英语。他那健壮、宽肩的身躯终日伏在书桌上，他那胖胖的、红润的、胡子浓密的脸被字典或练习簿半遮着，令人看了真觉得有些奇怪。他每天上午的时

---

① 彼得堡附近的沙皇别墅城市，为一大花园。普希金就读的贵族学校即设于此。一九一八年改名为普希金城。

间都用来工作，中午美餐一顿（瓦尔瓦拉·帕夫洛夫娜是个非常出色的主妇）。晚上就进入一个迷人的、芬芳的、灯火辉煌的世界，里面全是一张张年轻快乐的脸庞，——而这个世界的中心就是那位殷勤的主妇，他的妻子。她给他生了一个儿子，使他很是高兴，但是那可怜的小男孩活得不长；他在春天死去了。夏天，拉夫列茨基听从医生的劝告，带妻子出国到温泉去疗养。遭到这样的不幸，出门散散心对她是必需的，况且，她的健康也要求温暖的气候。他们在德国和瑞士度过了夏天和秋天；冬天，可想而知，他们到巴黎去了。在巴黎，瓦尔瓦拉·帕夫洛夫娜像一朵盛开的娇艳的玫瑰；也像在彼得堡一样，她迅速而巧妙地为自己筑了一个小巢。她在巴黎一条幽静而时髦的街道上找到一所极为漂亮可爱的寓所；她给丈夫做了一件他从未穿过的晨衣；雇用了一个穿着讲究的女佣，一个手艺高超的厨娘和一个机灵的男仆；买了一辆豪华的马车和一架漂亮的钢琴。不到一个星期，她已经披着披肩，撑着小伞，戴着手套，招摇过市，丝毫不比地道的巴黎女人逊色。不久她又广为结交。起初登门的只有俄国人，后来渐渐出现了法国人，全是些殷勤有礼的单身汉，举止文雅，姓名铿锵悦耳，他们都善于辞令，鞠躬姿势潇洒，可爱地眯缝着眼睛，粉红的双唇中露出发亮的牙齿——而且他们是多么善于微笑啊！他们每一个人都邀来自己的三朋四友；为时不久，从安坦大街到李尔路①，迷人的拉夫列茨基夫人就名噪一时了。那时（那是在一八三六年），像现在多如被刨开的蚁冢的蚁群到处攒动的小品文作者和新闻栏编辑之类的人物，还不曾繁育出来，然而，就在当时，在瓦尔瓦拉·帕夫洛夫娜的沙龙里，就出现了一位茹里先生，这位先生其貌不扬，声名狼藉，而且像所有爱决斗的人和栽过跟头的人那样，蛮横无理而又卑躬屈膝。瓦尔瓦拉·帕夫洛夫娜讨厌透了这位茹里先生，可是仍然接待他，因为他为各家报纸撰稿，不断地提到她，时而称她为迷人的拉夫列茨基夫人，时而称她为住在 Π②街的、高雅脱俗的俄国著名贵妇人×××夫人，向全世界（那就是向几百个和迷人的拉夫列茨基夫人风马牛不相及的订阅者）报道，说这位夫人按其聪明才智来说，是真正的法国女性（真正的法国女性）——在法国人中间，再没有比这个更高的赞美了——是多么亲切可爱，

---

① 这是巴黎两条最大的街道。
② 俄文字母，发音类似"白"。——编者注

说她是多么不同凡响的音乐家,她的华尔兹舞跳得多么美妙(的确,瓦尔瓦拉·帕夫洛夫娜跳起华尔兹舞来,她那飘飘欲仙的裙裾真令人销魂)……总之,使她举世闻名——不管怎么说,这件事总是令人高兴的。当时玛尔斯①小姐已经脱离红氍毹,拉舍尔②小姐尚未献身舞台;然而瓦尔瓦拉·帕夫洛夫娜却照样不辞辛劳地出入各家剧院。意大利的音乐使她陶醉,奥德利③的百衲衣似的戏装逗她发笑,她在法兰西喜剧院里观剧时不失礼貌地打着哈欠;多法尔④夫人在一出极端浪漫主义的情节剧中的演技使她流泪;而最重要的是,李斯特⑤在她家里演奏过两次,并且态度是那么可亲,那么单纯——真是迷人!冬天就在这样令人赏心悦目的感受中过去了,到冬末,瓦尔瓦拉·帕夫洛夫娜甚至被引进宫廷。至于费奥多尔·伊万内奇,他也并不感到无聊,尽管有时他感到肩上的生活变得沉重起来——沉重,是因

---

① 玛尔斯(1779—1847),法国著名女演员。
② 拉舍尔(1821—1858),法国悲剧女演员。
③ 奥德利(1781—1853),法国著名闹剧演员,以其破烂的剧装取得特别的喜剧效果。
④ 多法尔(1784—1849),法国著名女演员。
⑤ 李斯特(1811—1886),匈牙利著名音乐家,作曲家,钢琴演奏家。

为它空虚。他读报,到巴黎大学和法兰西学院去听课,留意议会里的辩论,还动手翻译有关水利的学术名著。"我并没有虚度光阴,"他想,"这一切都有用;但是来年冬天我一定要回俄国,着手我的事业了。"很难说,他是否明确地意识到,这个事业究竟是什么;天晓得,来年冬天他能否回到俄国;目前,他要和妻子同往巴登-巴登①……不料,一件出乎意料的事把他的整个计划全给打破了。

---

① 德国著名的矿泉疗养地。

16

有一天,瓦尔瓦拉·帕夫洛夫娜不在家,拉夫列茨基走进她的书房,看见地上有一张仔细折起来的小纸条。他顺手把它捡起来,顺手把它展开,看到了用法语写的如下的信:

亲爱的天使贝特西!(我怎么也不能称你Barbe或是瓦尔瓦拉——Varvara①)。我在街心花园的拐角上空等了你好久;明天一点半到我们的小房子里来吧。你那好心的胖子(ton gros bonhomme de mari)那时候总是埋头在他的书本里;我们可以再唱你教给我的你

---

① "Barbe"即"芭比","Varvara"是"瓦尔瓦拉"的英语拼写。——编者注

们的诗人普斯金①(de votre poëte Pouskine)的那首歌:"年老的丈夫,严厉可怕的丈夫!"②一千次吻你的小手和小脚。我等着你。

爱涅斯特

拉夫列茨基一时不明白他看到的是什么;他又读了一遍——他的头眩晕起来,脚下的地板好像风浪颠簸着船上的甲板在晃动。在同一瞬间,他叫喊,他叹息,同时也哭了起来。

他失去了理智。他是那样盲目地信任自己的妻子。欺骗和变节的可能,他在头脑里从不曾想过。这个爱涅斯特,他妻子的这个情夫,是一个大约二十三岁的小白脸,浅黄头发,翘鼻子,两撇小胡子,在她相识的人中间,几乎是最微不足道的一个。几分钟过去了,半点钟过去了;拉夫列茨基仍旧木立着,手里紧攥着那张致命的字条,茫然地望着地板;透过一阵黑色的旋风,他似乎看到一张张苍白

---

① 爱涅斯特的读音不准,把普希金读成普斯金。(加着重号文字在原著中是斜体,以下不再一一标注。——编者注)
② 歌词引自普希金的长诗《茨冈》。

的脸；他的心痛苦地紧揪着，他觉得他在下沉，下沉，下沉……下面是无底的深渊。一阵熟悉的、绸衣服的轻微窸窣声使他脱离了麻痹状态。瓦尔瓦拉·帕夫洛夫娜，戴着帽子，披着肩巾，散步完毕匆匆地回来。拉夫列茨基浑身颤抖着冲了出去；他感到，在这一刹那，他能把她撕个粉碎，把她打个半死，照庄稼汉那样，亲手把她掐死。瓦尔瓦拉·帕夫洛夫娜非常惊讶，想拦住他；他只能低低地说了一声"贝特西"，就从家里跑了出去。

拉夫列茨基雇了一辆马车，让车夫送他到城外去。整个下午和整个夜晚直到天明，他一直在信步乱走，不时停下脚步，惊讶地摊开双手：他时而感到要发疯似的，时而觉得似乎很可笑，甚至觉得高兴。清晨，他冷得要冻僵了，就来到郊区一家破破烂烂的小客栈，开了一个房间，在窗前的椅子上坐下。他忽然一阵哈欠连天。他几乎支持不住了，他浑身乏力，却并不感到疲倦，然而疲倦却起了作用：他坐在那里，眼睛虽然望着，心里却什么都不明白。他不明白他出了什么事，他为什么一个人坐在这空落落的、陌生的房间里，四肢发木，嘴里发苦，胸口压着一块石头。他不明白,是什么使她,瓦里娅①,竟会委身给这个法国佬,她明知自己是不忠实的,怎么还能照常那样镇静,对他还能照常那样亲热、信赖!"我一点儿也不明白!"他的焦干的嘴唇喃喃地说,"现在有谁能向我保证,说不定在彼得堡……"这句话没有说完,他又打起哈欠,浑身发抖,瑟缩着。快乐的回忆和阴郁的回忆同样地使他痛苦;他突然想起,几天前,她当着他和爱涅斯特的面,坐在钢琴前唱起了:"年老的丈夫,严厉可怕的丈夫!"他想起了她的面部表情、眼睛里异样的光辉和颊上的红晕,——他从椅子上站了起来,他要去对他们说:"你们可别跟我来这一套;我的曾祖父常常把农民的肋骨穿着吊起来,我爷爷本人就是个庄稼汉。"然后把他们俩一齐杀死。有时,他突然觉得,他所遇到的一切不过是一场梦,甚至还不是梦,只不过胡思乱想,只要抖擞一下精神,朝四周环顾一下,一切都会……他当真朝四周环顾了一下,结果,痛苦却像鹰爪抓住小鸟似的,越来越深地扎进他的心里。除了这种种痛苦之外,再过几个月拉夫列茨基就要做父亲了……不管是过去还是未来,

---

① 瓦里娅是瓦尔瓦拉的爱称。

他的全部生活都被毁了。他最后返回巴黎，住在一家旅馆里，派人把爱涅斯特先生的字条送给瓦尔瓦拉·帕夫洛夫娜，并附了这样一封信：

> 附去的纸条会向您说明一切。附带说一声，我真不能理解：像您这样一个一向非常细心的人，怎么会丢失这样重要的文件。（为了这句话，可怜的拉夫列茨基反复推敲了几个小时。）我不能再见您；我想，您也不会想见我。我一年给您一万五千法郎，再多我给不起。请把您的通信地址寄给我乡下的账房。您想做什么，想住在哪里，一切悉听尊便。祝您幸福。不必复信。

拉夫列茨基在给妻子的信里虽说不必复信……但是他心里却等待着，渴望着复信，——对这件令人不解、不可思议的事情作出解释。瓦尔瓦拉·帕夫洛夫娜当天就复了他一封用法语写的长信。这封信使他彻底死了心；他最后的怀疑都消失了——他甚至惭愧他还存有过怀疑。瓦尔瓦拉·帕夫洛夫娜没有为自己辩白：她只希望能见他一面，求他对她不要这样绝情。信写得冷淡勉强，虽然有的地方可以看出泪痕斑斑。拉夫列茨基苦笑了一下，让来人转告她说，一切都很好。三天后，他已经离开巴黎：然而他不是回俄国，而是去意大利。他自己也不知道，为什么偏偏选中了意大利；事实上，无论去哪里，在他都无所谓——只要不回家就行。他把付给妻子赡养费的事通知了他的村长，并且吩咐立即把科罗宾将军经管的产业方面的事务，全部收回，不必等待清理账目，就打发将军阁下离开拉夫里基。他非常逼真地想象着被逐的将军的那副狼狈相和徒然装出的威风，因此，尽管他万分痛苦，却不由感到一种幸灾乐祸的喜悦。同时，他又写信给格拉菲拉·彼得罗夫娜，请她回到拉夫里基，还寄给她一份全权委托书。格拉菲拉·彼得罗夫娜没有回拉夫里基，还亲自登报声明将委托书作废，其实这完全是多此一举。拉夫列茨基蛰居在意大利的一座小城里，很久都不能使自己不去注意妻子的踪迹。他从报上知道，她离开了巴黎，按原计划去巴登-巴登；她的名字很快又在那位麦歇茹里署名的小文章里出现。在这篇小文章里惯常的戏谑后面，透露出一种深切的友好的同情；费奥多尔·伊万内奇读了这篇东西，感到非常恶心。后来他知道，他有了一个女儿；两个月后，他接到村长的通知，瓦尔瓦拉·帕夫洛夫娜支走了她的三分之一的赡养费。再后来，她开始丑声远播，闹得越来越不像话。最后，所有的杂志都登载了一个悲喜剧式的故事，闹得沸沸扬扬，他的妻子在那里面扮演了一个令人不齿的角色。一切都完了：瓦尔瓦拉·帕夫洛夫娜成了"名人"。

拉夫列茨基不再注意她的行踪，然而情绪却未能很快稳定下来。有时他对妻子怀着那样刻骨的思念，他觉得他可以不惜一切，甚至可以……饶恕她，只要能够再听到她的温柔的声音，再握住她的纤手。然而，时光并没有白白地流逝。他生来不是一个有了痛苦不能自拔的人；他的健康的天性占了上风。许多事情他都明白了；他觉得，使他极端震惊的那个打击，也并非不可预料；他已经了解他妻子的为人了，——对亲近的人，只有在和他分开以后才能充分了解。他又能够学习和工作了，虽然远不及以前那样热心：他的生活阅历和教育给他养成的怀疑主义，完全深入了他的心灵。他变得对一切都极其冷漠。四年过去了，他才感到自己能够回到祖国，会见亲人了。他在彼得堡和莫斯科都没有停留，径直来到O市，——我们就是在这里和他分手，现在我们就请对我们怀有好意的读者和我们一同返回吧。

17

在我们上面提到的次日早上九点多钟,拉夫列茨基正走上卡利京家的台阶。他遇到丽莎戴着帽子和手套,迎面走出来。

"您上哪儿去?"他问她。

"去做祈祷。今天是星期天。"

"您一向都去做祈祷?"

丽莎没有作声,惊异地望了望他。

"请原谅,"拉夫列茨基说,"我……我不是这个意思,我是来向你们辞行的,再过一小时我就要到乡下去了。"

"离这儿不远吧?"丽莎问。

"大约二十五俄里。"

这时,连诺奇卡由一个女仆陪伴着,在门口出现了。

"记住,别忘了我们。"丽莎说着就走下台阶。

"你们也别忘了我。请听我说,"他又说,"您去教堂,请顺便也为我祈祷。"

丽莎站下来,转身向着他。

"好吧,"她正视着他的脸,说,"我也会替您祈祷的。走吧,连诺奇卡。"

进了客厅,拉夫列茨基看到只有玛丽亚·德米特里耶夫娜一个人在。她身上散发出花露水和薄荷的香味。她说她头痛,一夜没有睡好。她以她平时那种懒洋洋的亲切接待客人,说话不多。

"您说,"她问他,"弗拉基米尔·尼古拉伊奇这个年轻人不是很可爱吗?"

"是哪一个弗拉基米尔·尼古拉伊奇呀?"

"就是昨天在这儿的潘申呀。您给他的印象好极了。我有个秘密告诉您,我亲爱的表弟,他爱我的丽莎都快爱得发疯了。这有什么不好呢?他门第好,官场得意,人又聪明,喏,已经是宫中的侍从官,如果上帝的旨意如此……我这个做母亲的会高兴死了。当然,这可是事关重大,当然,儿女的幸福都要靠做父母的。所以说,直到现在,事情好好坏坏，样样都是由我一个人来承担：抚养孩子啦，教育孩子啦，哪一样不是我……您瞧，我刚才还给博柳斯太太写信，请她给介绍一位家庭女教师……"

玛丽亚·德米特里耶夫娜就滔滔不绝地讲起自己的吃苦、操劳和自己的母爱。拉夫列茨基默默地听着，把帽子在手里转动。他的冷漠、沉重的目光把这位爱唠叨的夫人看得不好意思起来。

"您觉得丽莎怎么样？"她问。

"丽莎维塔·米哈伊洛夫娜是一位非常好的姑娘。"拉夫列茨基说着就站起身来，鞠躬告退，到马尔法·季莫费耶夫娜那边去了。玛丽亚·德米特里耶夫娜不满地目送着他，心里想："真是个笨伯，乡巴佬！现在我才明白，为什么他老婆会对他不忠实。"

马尔法·季莫费耶夫娜正坐在自己的房间里，她的全班人马都围绕着她。他们一共有五个，差不多个个在她心上都是同样地亲。他们是：一只大嗓子的、受过调教的灰雀，自从它不会婉啼，不会吸水以后，她就格外疼爱它了，一只非常胆小的、温顺的小狗罗斯卡，一只爱发怒的雄猫"水手"，一个大眼睛、尖鼻子、黑皮肤的、好动的、大约九岁的小女孩，名叫舒罗奇卡，还有一位五十五岁光景的老妇人，名叫纳斯塔西娅·卡尔波夫娜·奥加尔科娃。她总是戴着白色包发帽，黑衣服上加一件窄小的褐色短上衣。舒罗奇卡出身于小市民家庭，父母双亡。马尔法·季莫费耶夫娜收养她和收养罗斯卡，都是出于怜悯；小狗和小女孩都是她从街上拾来的，两个都是又瘦又饿，两个都被秋雨淋得湿透。没有人来找过罗斯卡；至于舒罗奇卡，她的做鞋匠的叔叔，一个酒鬼，甚至很乐意把她让给马尔法·季莫费耶夫娜收养，因为他连自己都吃不饱，更不必说养活侄女了，他只会用鞋楦敲她的脑袋。跟纳斯塔西娅·卡尔波夫娜，马尔法·季莫费耶夫娜是在一次朝圣的时候，在一座寺院里结识的，在教堂里，她主动走到她面前（照马尔法·季莫费耶夫娜的说法，她所以喜欢她，是因为她祈祷起来津津有味），她主动和她交谈，请她到家里来喝茶。从那天起，她就再也离不开纳斯塔西娅·卡尔波夫娜了。纳斯塔西娅·卡尔波夫娜出身于贫寒的贵族，是一个没儿没女的寡妇，性情温和而乐观。她的头圆圆的，满头白发，双手柔软白皙，粗眉大眼，表情温柔慈祥，往上翘的鼻子样子有些滑稽。她崇拜马尔法·季莫费耶夫娜，马尔法·季莫费耶夫娜也非常喜欢她，虽然对她那多情的心有时要取笑几句，因为她特别喜欢所有年轻的人，最无伤大雅的玩笑都会使她不由得像小姑娘那样脸红。她的全部财产是一千二百纸卢布；她的生活靠马尔法·季莫费耶夫娜负担，但是却和她平等相处：马尔法·季莫费耶夫娜是忍受不了卑躬屈膝的。

"啊，是费佳！"她一看到他，就开口说，"昨天晚上你没有看到我的一大家子：现在你就请来瞧瞧吧。我们都在准备喝茶；这是我们星期天第二次喝茶了。你可以和他们都亲热亲热，只是舒罗奇卡不让，还有猫儿会抓你。你今天就走？"

"今天就走。"拉夫列茨基在一张矮椅子上坐下，"我已经跟玛丽亚·德米特里耶夫娜告辞过了。我还看到丽莎维塔·米哈伊洛夫娜。"

"你就叫她丽莎吧，我的爹，她是你哪一门子的米哈伊洛夫娜①呀？你老老实实地坐着吧，不然舒罗奇卡的椅子要

---

① 俄俗，对人称呼名字和父称表示客气。拉夫列茨基是丽莎的长辈，所以马尔法认为他不必这样称呼丽莎。

被你坐坏了。"

"她去做祈祷去了,"拉夫列茨基继续说,"她真是那么虔诚吗?"

"是的,费佳,非常虔诚。比你我都虔诚,费佳。"

"您还不够虔诚吗?"纳斯塔西娅·卡尔波夫娜轻声说,"今儿早祷您没去,晚祷就该去了。"

"不,——你自个儿去吧:我变懒了,我的妈,"马尔法·季莫费耶夫娜说,"喝茶让我变得娇气了。"她对纳斯塔西娅·卡尔波夫娜用"你",尽管和她处于平等关系,——她马尔法·季莫费耶夫娜毕竟是佩斯托夫家族的人:在伊万雷帝的追荐亡人名簿上,就载有三个姓佩斯托夫的;马尔法·季莫费耶夫娜对这一点是清楚的。

"请告诉我,"拉夫列茨基又开始说,"刚才玛丽亚·德米特里耶夫娜对我说起这个……叫什么……潘申来着。这位先生是个什么人呀?"

"她真是个长舌的婆娘,上帝饶恕我!"马尔法·季莫费耶夫娜咕噜说,"她大概还悄悄地告诉你,说什么碰上了一个多么中意的求婚人。她跟那个牧师的儿子嘀嘀咕咕还嫌不够。其实连影子还没有呢,真是谢天谢地!可是她已经说开了。"

"您为什么要'谢天谢地'？"拉夫列茨基问。

"因为我不喜欢那个漂亮小伙子；况且，这又有什么值得高兴的呢？"

"您不喜欢他？"

"是啊，他又不是个人人爱。只要纳斯塔西娅·卡尔波夫娜爱上他，他就够啦。"

那可怜的寡妇被她说得十分狼狈。

"您这是怎么搞的，马尔法·季莫费耶夫娜，您真是不敬畏上帝！"她叫了起来，霎时间，她的脸和颈脖都涨得通红。

"他这个骗子，他是知道的，"马尔法·季莫费耶夫娜打断了她的话，"他知道怎么去迷住纳斯塔西娅·卡尔波夫娜：他送她一个鼻烟壶。费佳，你去向她要点儿鼻烟来闻闻，你就会看见那只鼻烟壶多么漂亮：壶盖上画着一个骑马的骠骑兵。我的妈，你就不用为自己解释啦。"

纳斯塔西娅·卡尔波夫娜只是一个劲儿地摆手否认。

"好吧,那么丽莎呢，"拉夫列茨基问，"对他还有意思吗？"

"她好像还喜欢他，可是天晓得她！别人的心，你知道，就像一座黑漆漆的树林，女孩儿家的心就更不用说了。就拿舒罗奇卡的心来说吧——你倒来猜猜看！自从你来了，她就躲起来，可是又不出去，这是为什么呢？"

舒罗奇卡憋不住，噗哧一声笑了出来，就跑了出去，拉夫列茨基也站了起来。

"是啊，"他慢吞吞地说，"少女的心是猜不透的。"

他开始告辞。

"怎么？我们不久还能看到你吗？"马尔法·季莫费耶夫娜问。

"再说吧，姑姑：反正离这儿不远。"

"对啦，你是要去瓦西里耶夫斯科耶村。你不愿意住在拉夫里基——唔，这是你的事；不过，你到了那儿，去给你母亲上个坟，顺便也给你奶奶上个坟。你在外国学了那么多的学问回来，没准，她们就是在坟墓里也能感到你去看她们去了。还有，费佳，别忘了给格拉菲拉·彼得罗夫娜也做个追荐法事，这儿给你一个卢布。拿着，拿着，这是我给她做追荐法事用的。她活着的时候我不喜欢她，可是没得可说的，她是个有性格的姑娘。为人聪明，也没有亏待你。现在你走吧，上帝保佑你，要不然我该让你讨厌了。"

于是，马尔法·季莫费耶夫娜拥抱了自己的侄儿。

"丽莎是不会嫁给潘申的，你放心吧。这种人不配做她的丈夫。"

"我一点儿也没有不放心呀。"拉夫列茨基说了就走了。

18

四个小时以后,他已经踏上了归途。他的四轮旅行马车在松软的村道上飞快地滚动。已有两个星期不曾下雨。一层乳白色的薄雾弥漫在空中,笼罩着远处的树木,散发出一股焦臭味。一朵朵轮廓不清的、深色的乌云飘过浅蓝的天空,相当强劲的干风阵阵吹来,却不能驱散暑气。拉夫列茨基把头靠在背垫上,两手交叠在胸前,眼望着像扇形在眼前掠过的田野,望着缓缓闪过的爆竹柳,望着那些带着迟钝的怀疑斜睨着马车驶过的、蠢笨的乌鸦和白嘴鸦,望着长长的田垄上丛生的苦艾、蒿子和野生花楸果;他凝望着……这片新鲜的草原的沃野,这苍翠的林木,这连绵的丘陵和长满低矮橄树丛的沟谷,这灰色的村落,这稀疏的白桦——这整个他睽离已久的俄罗斯景色,在他心中勾起无限甜美的同时又几乎是悲痛的情思,使他心头感到一种愉快的压迫。思绪万千,在他头脑里缓慢地飘浮,它们也是那么纷乱,模糊,像在高空飘浮的云朵一样。他回忆起自己的童年和自己的母亲,回忆在她弥留之际,人们怎样把他带到她面前,她怎样把他的头搂在胸前,声音微弱地边哭边说,后来望了格拉菲拉·彼得罗夫娜一眼——就沉寂了。他又想起他的父亲,起初是精神饱满,声若洪钟,对一切都不满,后来眼睛瞎了,时常哭哭啼啼,灰白的胡子邋里邋遢;想起他有一次吃饭的时候多喝了一杯酒,调味汁弄脏了食巾,他突然大笑起来,眨着一双瞎眼,红着脸,大讲起自己种种得意的往事;他也记起了瓦尔瓦拉·帕夫洛夫娜——便不由得眯起了眼睛,像一个人内心感到刹那的疼痛那样,接着就用力晃了晃脑袋。后来,他的思想就停留在丽莎身上。

"是啊,"他想道,"一个新的生命刚刚踏上人生的道路。多么好的姑娘,将来会变成怎么样呢?她长得很美。苍白的、娇嫩的脸,眼睛和嘴是那么严肃,目光又是那么真挚天真,可惜,她的宗教热忱似乎有些过分。她身材修短合度,步态那么轻盈,声音那么文静。我非常喜欢看她突然停下来,一笑不笑地凝神听你说话,然后,把头发向后一甩,沉思起来。的确,我也认为潘申配不上她。可是他又有什么不好呢?话又说回来,我又何必来瞎操心?大伙走的那条路,她也要走。我还是打一会儿盹吧。"于是拉夫列茨基就闭上了眼睛。

他不能入睡,而是沉入旅途中常有的蒙蒙眬眬的状态。往事如烟,依旧缓慢浮现在他心头,和别的印象混合交错。天知道为什么,拉夫列茨基忽然竟会想起罗伯特·庇尔①……想起法国历史……想起假如他身为将军,他会怎样打个胜仗:他耳边仿佛听到枪声和呐喊……他的头滑向了一边,他睁开眼睛……依然是那片田野,那同样的草原景色;拉边套的马的磨损的马掌交替地在滚滚的尘土中闪耀,车夫的腋下带红镶条的黄衬衫被风鼓起……"我回到家乡是多么好啊。"——这个念头在拉夫列茨基的头脑里闪过。他喊了一声:"走!"——便紧裹在大衣里,更紧地贴着靠垫。马车晃动了一下:拉夫列茨基把身子坐直,睁大了眼睛。他眼前的小丘上伸展着一座不大的村落,右

---

① 罗伯特·庇尔(1788—1850),英国政治家,一八四一至一八四六年任英国首相。

边一些可以看见一所古旧的地主的小宅，百叶窗全部关着，小小的门廊已经歪斜，从大门开始，在宽广的庭院里长满了翠绿浓密、像大麻般的荨麻；那里还耸立着一间橡木搭的、还很坚实的小粮仓。这就是瓦西里耶夫斯科耶村。

车夫把马车转向大门口，勒住了马。拉夫列茨基的仆人从驭座上抬起身来，像是准备要往下跳，嘴里喊着："嘿！"传来一阵嘶哑、低沉的吠叫声，但是却不见狗的影子；仆人又准备往下跳，又叫了一声："嘿！"又是一阵衰老的吠叫声，转眼之间，院子里不知从哪里跑出了一个穿黄色土布长衣、头发雪白的人。那人用手遮住阳光望了望马车，忽然两手在大腿上拍了一下，乱转了一阵，然后跑过来打开大门。马车进了院子，车轮在荨麻上碾过，发出沙沙的响声，在台阶前停下。那个白发老头儿显然动作还很麻利，已经叉开两条弯腿站在最下面的台阶上，急忙拉起车上的皮带，解开皮帘，便搀着主人下车，吻了他的手。

"你好，你好，兄弟，"拉夫列茨基说，"你好像是叫安东吧？你还健在呀？"

老头儿默默地一鞠躬，就跑去取钥匙了。在他跑开的当儿，车夫仍旧端坐着，侧过身子瞧着那扇锁着的门；拉夫列茨基的仆人跳下车来，一手扶着驭座，就以这种可以入画的姿势站着。老头儿拿来了钥匙，完全没有必要地像蛇似的弯着身子，高高地抬起臂肘，把门打开，然后退到一旁，又是深深地一鞠躬。

"现在我可到家了，我可回来了。"拉夫列茨基这样想着，走进那小小的前厅。这时，一扇扇百叶窗都乒乒乓乓地打开，白昼的光线射进了空荡荡的房间。

19

拉夫列茨基来到的这座小屋,是在上个世纪用坚实的松木建造的,外表似乎破旧,其实还能用上五十年或者更长一些;两年前格拉菲拉·彼得罗夫娜就在这座小屋里去世。拉夫列茨基走遍了所有的房间,吩咐把窗子统统打开,这一来,大大地惊动了停在门楣下面的、背上沾着白色灰尘的、老而无力的苍蝇:自从格拉菲拉·彼得罗夫娜去世之后,就没有人打开过窗户。家里的一切都一仍旧观:客厅里,光滑的花缎蒙面的、细腿的白色小沙发,已经破旧、坍陷,令人生动地想起叶卡捷琳娜女皇的时代。客厅里还放着女主人生前喜爱的、椅背又高又直的圈椅,她即使到了老年,也不曾在椅背上靠过一下。正面墙上悬挂着费奥多尔的曾祖安德烈·拉夫列茨基的古老的画像,在那发黑的、翘曲的底板上，几乎辨认不出他的黝黑的、凶狠的脸；下垂的、好像发肿的眼睑下面是一双凶狠阴郁的小眼睛；没有扑粉的黑发怒发冲冠似的耸立在笨重多皱的前额上。画像的一角挂的一个蜡菊花环，已经落满尘土。"是格拉菲拉·彼得罗夫娜她老人家亲手编的。"安东说。卧室里摆着一张狭窄的床，帐幔是用古旧的、质地非常结实的条纹布做的，床上放着一堆褪了色的枕头和一条绗过的薄被，床头挂着《圣母入殿》的画像；被人遗忘的孤独的老处女在临终时就是用她那已经发凉的嘴唇最后一次吻了这张圣像。靠窗放着一张拼花梳妆台，角上包着铜饰，镀金镜框变黑了的镜子好像是哈哈镜。卧室隔壁是悬有神像的祈祷室——一间四壁空空的小房间，角落里放着沉甸甸的神龛，地上铺着一块磨旧了的、烛渍点点的小地毯；格拉菲拉·彼得罗夫娜祈祷时就是跪在这上面叩拜的。安东带着拉夫列茨基的仆人去开马房和车房的门去了；在他站的地方出现了一个几乎和安东同样年迈的老妇人，头巾一直包到眉毛上；她的头不住地晃动，目光呆滞，但却显露出热诚和久已养成的、唯命是从的习惯，同时还含有某种恭敬的歉意。她上前吻了拉夫列茨基的手，就站在门边听候吩咐。他一点儿都不记得她叫什么名字，甚至不记得，他是否看见过她。原来，她叫阿普拉克谢娅；四十年前，她被格拉菲拉·彼得罗夫娜逐出老爷的家宅，让她来这里养鸡；她很少说话，好像已经老糊涂了，可是眼睛里还带着讨好的神色。除了这两个老人和三个穿长衬衫、肚子鼓鼓的孩子（安东的曾孙）外，这座老爷的宅子里还有一个免于纳税的独臂庄稼人，他像乌鸡似的老是喃喃自语，什么事也干不了。比他多少有些用处的是那条用吠叫欢迎拉夫列茨基归来的老狗。它被格拉菲拉·彼得罗夫娜吩咐用买来的粗铁链锁住已有十年之久，现在它几乎不能走动，拖不动自己的身子了。拉夫列茨基巡视了室内，再来到花园，对花园倒颇为满意。花园里，野草、牛蒡、醋栗果和马林果丛生，同时，到处又都是绿树成荫，许多百年的老菩提树，树身的高大，桠枝形状的怪诞令人惊奇。树木种植得过密，恐怕还是一百年前修剪过的。花园尽头是一个明净的小池塘，四周生着高高的、带红色的芦苇。人间生活的痕迹在这里很快就会消失：格拉菲拉·彼得罗夫娜的庄园虽说还没有荒芜，然而似乎已经沉入静静的睡眠；凡是没有受到人间喧嚣影响之处，世上的一切都会昏昏入睡。费奥多尔·伊万内奇还到村子里走了一圈。农妇们站在自家小屋的门口，手托着腮望着他；农民们远远地向他行礼，孩子们跑开了，狗都冷漠地吠叫着。最后，他觉得饿了，可是他的仆人和厨子要到傍晚才能到来；从拉夫里基运食物来的车子还没有到来——他只好去找安东。安东马上就张罗起来：他捉了一只老母鸡宰了，拔了毛；阿普拉克谢娅像洗衣服似的把它搓了又搓，洗了又洗，这才下锅。最后，鸡煮好了，安东铺上桌布，摆上餐具，还在餐具前面放上一只三条腿的、发黑的镀银盐瓶和一只细颈的、有圆玻璃瓶塞的刻花玻璃酒瓶，然后，用唱歌般的声音禀报拉夫列茨基，午餐已经齐备，——他自己去站在主人的椅子背后，右臂搭着餐巾，身上散发出一股强烈的、古老的气味，好像是柏树气味。拉夫列茨基尝了尝汤，捞出了鸡，鸡皮上满是大粒的疙瘩，每条鸡腿都有一条粗筋，鸡肉带有木头味和碱的味道。吃完了饭，拉夫列茨基说他想喝点儿茶，如果……老头儿打断了他的话，说："马上就给您老拿来。"——他果然言而有信。他找出一小撮用红纸包的茶叶，找出一个小小的、然而非常卖力地发出响声的小茶炊，还找出一些碎块的、好像溶化了的白糖。拉夫列茨基喝茶用的是一只上面画着纸牌图案的大杯子；他从小就记得这只杯子，只有客人才能用它喝茶——现在他也像客人一样，用它来喝茶了。傍晚，仆人来了；拉夫列茨基不愿意睡姑姑的床，吩咐给他在客厅里铺一张床。他吹灭了蜡烛，久久环顾着四周，想着一些不愉快的事，他感受到每个初次在一个空关已久的地方过夜的人所熟悉的感觉。他觉得，从四面环抱着他的黑暗似乎不能习惯这位新来的住客，连四壁似乎也在感到纳闷。他终于叹了口气，拉起被子盖上，入睡了。上床最晚的是安东，他和阿普拉克谢娅低声谈了很久，低声叹气，画了两次十字；他们俩都没有料到，主人怎么会住到他们的瓦西里耶夫斯科耶村来，那么漂亮的庄园和富丽的府邸不是就在近旁吗？他们再也想不到，那座府邸正是拉夫列茨基所憎恶的，它在他心里勾起沉痛的回忆。他们俩低声聊了个痛快，安东拿起一根木棍去敲了挂在仓库那边沉默已久的打更的木板，然后就蜷着身子在院子里躺下，满是白发的头上什么也没有盖。五月之夜是静谧的、温暖的——老头儿甜蜜地入了梦乡。

20

第二天,拉夫列茨基很早起床,他和村长谈了一会儿,到打谷场看了看,吩咐把看家狗的锁链解下来,那狗只是叫了几声,甚至没有离开自己的窝。他回到家中,就沉浸在一种平心静气的麻痹状态里,终日不能摆脱。"现在我是沉到河的最底层了。"他不止一次对自己说。他坐在窗前,一动不动,仿佛在聆听围绕着他的寂静生活的流逝,听着偏僻的农村中偶尔传来的声音。在那边的荨麻后面,有人细声细气地唱歌,一只蚊子好像在跟他应和。现在,他不唱了,可是蚊子还在细声唱着;几只苍蝇齐声嗡嗡地悲鸣,惹人心烦,透过这嗡嗡声可以听到有一只很大的花蜂在叫,不断地把脑袋撞在天花板上;街上有一只公鸡啼叫起来,嘶哑地拖长尾音;一辆大车辚辚地驶过;村里的大门发出吱呀的声音。"啥事？"突然响起一个妇人的声音。"嗨，我的小宝贝，"安东对他怀抱里的两岁的小妞说，"去把克瓦斯拿来。"又是那个妇人的声音在说，——突然降临了一阵死一般的寂静；没有车声，没有响动，没有风吹树叶的声音，燕子一只一只地掠过地面，没有声息，它们的无声的飞行令人心中感到凄凉。"现在，我可沉在河底了。"拉夫列茨基又想。"这里的生活永远是，任何时候都是这么平静悠闲，"他想，"谁进入它的圈子，就得顺从它：在这里，不用激动，不必苦恼；在这里，只要像种田人犁地那样，不慌不忙，一步一步地往前走就成。在这四周，有着怎样的力量，在这无所作为的寂静中，蕴藏着多么健康的生命！就在这儿窗下，茁壮的牛蒡从浓密的草丛中钻出来，独活草在它上面伸出它那水灵灵的茎，香薄荷把它那粉红色的卷须伸展得更高；再往前，田野里的裸麦熠熠发光，燕麦已经抽穗，每棵树上的每一片叶子，每株草茎上的小草，无不尽情地舒展开来。而为了一个女人的爱，我却耗费了我最好的岁月。"拉夫列茨基继续想道，"但愿这里的寂寞能使我清醒，使我安下心来，锻炼我，使我也能不慌不忙地干点儿事。"于是，他又开始聆听着那片寂静，并不期待什么——同时又好像在不断地有所期待：寂静从四面拥抱着他，太阳在平静的蓝天静静地滑过，云朵也静静地在天空飘过，好像它们知道要飘往何处，去做什么。就在这同一时刻，在世界上其他的地方，生活在沸腾，在急急忙忙地前进，在热火朝天；而在这里，同样的生活却无声地流过，像水流过沼泽里的水草。直到傍晚，拉夫列茨基都在沉思冥想这流逝的生活，无法摆脱。往事的哀愁像春雪在他心里渐渐融化，——真是奇怪！——对故乡的感情，在他心里从来没有像这样深厚，这样强烈过。

21

在两个星期里,费奥多尔·伊万内奇把格拉菲拉·彼得罗夫娜的小屋整理就绪,清理了庭院和花园;从拉夫里基运来了舒适的家具,从城里运来了酒、书籍和杂志;马厩里有了马匹;一句话,费奥多尔·伊万内奇把需要的一切都购置齐全,开始过起既不像地主,也不像隐士的生活来。他的日子过得很单调;尽管没有人来访,他也并不感到寂寞。他勤恳地、专心致志地管理田庄的事务,骑着马去郊游,读书。然而,他读书并不多;他更喜欢听老安东说古道今。拉夫列茨基总是坐在窗前,手里一个烟斗,面前一杯凉茶。安东则站在门边,两手往背后一操,就不紧不慢地讲起他那些年代久远的、好像是神话时代的故事来:那年头,燕麦和裸麦不论斗量,而是装在大麻袋里,两三个戈比就能买它一袋;那年头,四面八方,甚至直到城边,都是不能通过的树林,没有人触碰过的草原。"如今倒好,"已经年过八旬的老头儿发牢骚说,"统统给砍光了,开垦了,要赶车也赶不过去了。"安东还讲许多有关他的女主人格拉菲拉·彼得罗夫娜的事情:说她老人家是多么明白事理,多么节俭;有一位老爷,一位年轻的邻居想巴结她,常来看望她,为了他,她老人家甚至戴上自己节日才戴的有深红缎带的包发帽,穿上网眼薄纱制的黄色衣服。可是后来因为那位邻居老爷冒冒失失地问了一句:"小姐,您的钱一定很不少吧?"她就大发脾气,吩咐不许他上门,而且当时就下个命令,她死后,所有的一切,哪怕是一小块破布,都留给费奥多尔·伊万内奇。果然,拉夫列茨基发现,姑姑的家当都保存着,一样不缺,连那顶节日戴的有深红缎带的包发帽和薄纱黄衣服也在。拉夫列茨基指望能找到一些旧报纸和有趣的文件,却一点儿没有,只有一个破旧的本子,上面有他的祖父彼得·安德烈伊奇记载下的一些东西——一会儿是"亚历山大·亚历山得罗维奇·普罗佐罗夫斯基亲王殿下与土耳其帝国缔结和约[①],圣彼得堡一片欢

---

① 指第一次俄土战争(1769—1774)。

腾"；一会儿是一张医治胸口疼的偏方，附注着"此方系生命之源三一教堂大祭司费奥多尔·阿夫克先季耶维奇赠与普拉斯科维娅·费奥多罗夫娜·萨尔特科夫将军夫人者也"；一会儿又是政治新闻，如"有关法兰西虎[①]之消息似乎不再报道"，紧挨着是："据《莫斯科新闻》载，米哈伊尔·彼得罗维奇·科雷切夫中校先生逝世。此人莫非为彼得·瓦西里耶维奇·科雷切夫之子？"拉夫列茨基还找到几本旧历书、圆梦书和安博季克先生的那本神秘的著述[②]；久已淡忘的，然而还很熟悉的《象征与图谱》在他心里勾起了许多的回忆。在格拉菲拉·彼得罗夫娜的梳妆台里，拉夫列茨基发现有一个用黑丝带缚着、黑色火漆封着的小包，塞在抽屉的最里面。小包里，面对面放着两张画像，一张是他父亲年轻时代的粉影肖像画，柔软的鬈发披在前额，细长的眼睛里带有倦意，嘴半张着；另一张画像几乎已经磨损，画上是一个面色苍白的妇人，身穿白衣，手持一朵白玫瑰——这是他的母亲。格拉菲拉·彼得罗夫娜从来不让

---

① 指十八世纪末法国革命事件。
② 指前面提到的《象征与图谱》，见第66页。

人给她画像。"费奥多尔·伊万内奇少爷,"安东对拉夫列茨基说,"我那时虽说不住在上房里,可是您的曾祖父安德烈·阿法纳西耶维奇我还记得:他老人家去世的时候,我十八岁了。有一回我在花园里碰到他老人家,吓得我两腿直打哆嗦。可是他老人家倒没有把我怎么样,只问我叫什么名字,还派我到他房里去给他取手帕。不用说,真正是一位大老爷,对谁也不买账。容我对您说,这是因为您的曾祖父有一个神奇的护身香囊①,是阿索斯山②上的一个僧人送给他的,那位僧人对他如此这般地说:'贵族老爷,为了您的殷勤款待,我把这个送给您;戴上它,您就什么都不用害怕。'少爷,您知道,那年头是什么年头:做老爷的想干啥就干啥。有时候,哪怕是位老爷也罢,谁要是胆敢跟他老人家顶撞,他老人家只是看上他一眼,对他说:'你还不够格哪。'——他老人家最爱说这句话。他(您曾祖父的在天之灵)住的是木头搭的小屋;可是留下的财产却不知有多少,银子啦,各种各样积攒下来的东西啦,所有的地窖都塞得满满当当的。这才是个好当家人。您夸它好看

---

① 迷信的人佩在胸前,内藏神香符箓之类。
② 在爱琴海左岸。

的那个小玻璃酒瓶，就是他老人家的，他用它喝酒。可是，说到您爷爷彼得·安德烈伊奇，倒是盖了漂亮的砖房，可是没有积攒下钱财；什么事到他手里全完蛋，日子过得比他老爷子差多了，一点儿福也没有享过，——可是把钱都花光了，一样可以纪念的东西也没有留下，连一根银勺子也没有留下，还不是多亏格拉菲拉·彼得罗夫娜操心，才保住了这个家。"

"听说，"拉夫列茨基插话说，"人家都叫她老泼妇，是真的吗？"

"这要看说这话的是什么人了！"安东不满意地反驳说。

"少爷，"有一天老头儿下了决心问，"我们的少奶奶怎么啦，她打算住在哪儿？"

"我跟妻子分开了，"拉夫列茨基费劲地说，"请你不要问起她。"

"是，您哪。"老头儿难受地说。

过了三个星期，拉夫列茨基骑马去O市拜访卡利京家，在那里消磨了一个夜晚。莱姆也在；拉夫列茨基很喜欢他。由于父亲的安排，他什么乐器也不会，可是，他却热爱音乐，严肃的古典音乐。潘申那晚没有来卡利京家。省长派他出城办事去了。丽莎独自弹琴,弹得十分准确;莱姆活跃起来,非常兴奋,用纸卷成一个小卷,用来指挥。玛丽亚·德米特里耶夫娜看着他,起初笑了,后来却去睡了;照她的说法,贝多芬的作品太刺激她的神经。半夜,拉夫列茨基送莱姆回寓所,在他家坐到清晨三点钟。莱姆谈了许多;他的驼背伸直了,眼睛睁得大大的,发出光辉,连头发也直竖在前额上。已经有很久没有人对他表示过同情;拉夫列茨基显然很关心他,关切而仔细地向他问这问那。这使老人深受感动,他终于把自己的作品拿出来给客人看,弹着琴,甚至还用毫无生气的嗓子唱了他的作品的某些片断,其中有他为席勒①的叙事诗《弗里多林》②所谱写的全部。拉夫列茨基称赞了他,要他再重唱了几节。临走的时候,他邀请莱姆到他那里去小住几天。莱姆把他送到外面,马上就同意了,紧紧地和他握手;但是,当他单独留在清新潮湿的空气里,看东方刚刚破晓的时候,他回顾了一下,眯起眼睛,蜷起身子,像做错了事似的,慢吞吞地走进他的斗室。

---

① 席勒(1759—1805),德国伟大剧作家,诗人。
② 《弗里多林》原名《去铁匠铺的路上》(1797)。

"Ich bin wohl nicht klug（我大概是疯了）。"他自言自语地说，就在他那张又硬又短的床上躺下。过了几天，拉夫列茨基坐着马车来接他，他想托病推辞不去；但是拉夫列茨基走进他的房间，说服了他。对莱姆最起作用的是，拉夫列茨基专门为他把一架钢琴从城里运到乡间。他们二人一同去卡利京家，在那里度过黄昏，然而却不及上次那样愉快。潘申在那里，大讲他的下乡之行，非常滑稽地摹仿他所见到的地主们的模样。拉夫列茨基笑了，莱姆却缩在角落里不出来，他一言不发，像蜘蛛似的全身微微动着，没精打采，板着脸，直到拉夫列茨基起身告辞的时候，他的精神才好起来。甚至坐在马车里，老人也是畏畏缩缩，好像怕见人，但是，宁静温暖的空气，微风，淡淡的阴影，青草和白桦嫩芽的芳香，无月的星空的宁静的光辉，和谐的马蹄声和马的响鼻声——道路、春天和夜色的全部魅力，都降临到这可怜的德国人的心灵里，于是他先开口和拉夫列茨基交谈起来。

22

莱姆开始谈到音乐,谈到丽莎,后来又谈到音乐。谈到丽莎的时候,他似乎把一个个字说得比较慢。拉夫列茨基把话题引到他的作品上,半开玩笑地建议他给他写一个歌剧剧本。

"唔,歌剧剧本!"莱姆说,"不,这我可写不了,歌剧所必需的那种活力,那种活跃的想象,我已经没有了,现在我已经丧失了我的能力……但是,假如我还能做点儿什么的话,能写出一首浪漫曲,我就心满意足了,当然,如果有好的歌词,我也愿意……"

他沉默了,一动不动地坐了好久,举目望天。

"比如说,"他终于说,"像这样的:'啊,星星,纯洁的星星!'……"

拉夫列茨基稍微向他转过脸来，注视着他。

"'啊，星星，纯洁的星星！'"莱姆重复说……"'你一视同仁地垂顾着善人与罪人……然而只有心地纯洁的人，'或是诸如此类的词句……'才能了解你们，'不对，是'才能爱你们'。然而，我不是诗人，我哪儿行呢！不过，就像这一类的，崇高的词句。"

莱姆把帽子推到后脑勺上，在皎洁的夜色的幽明下，他的脸显得更苍白，比较年轻了。

"'你们也知道，'"他用渐渐低沉的声音接着说，"'你们也知道，有谁在爱，有谁能爱，因为你们是纯洁的，唯有你们能爱抚……'不对，这完全不对头！我不是诗人。"他喃喃地说，"不过，要写类似这样的……"

"我很遗憾我也不是诗人。"拉夫列茨基说。

"空虚的梦想！"莱姆说，把身子缩在马车的角落里。他闭上眼睛，似乎准备打盹。

几分钟过去了……拉夫列茨基留神听着……"星星，纯洁的星星，爱情。"老人低语说。

"爱情。"拉夫列茨基心里又重复了一遍，就陷入了沉思，——他心里感到沉重起来。

"您为《弗里多林》谱写的乐曲美极了,赫里斯托福尔·费奥多雷奇,"他大声说,"您是不是以为,这个弗里多林被伯爵引见给伯爵夫人之后,他是不是马上就做了她的情夫?"

"这是您的想法,"莱姆说,"因为,您大概是过来人……"他突然住了口,不好意思地扭过脸去。拉夫列茨基勉强笑了笑,也扭过脸去,开始望着道路。

马车驶近瓦西里耶夫斯科耶村的小屋阶前的时候,星星已经渐渐苍白,天空呈现出灰色。拉夫列茨基把客人送进为他准备的房间,就回到自己的书房里,在窗前坐下。花园里有一只夜莺正唱着它黎明前最后的歌。拉夫列茨基记得,卡利京家的花园里也有一只夜莺在歌唱;他还记得,丽莎在听到夜莺初试啼声时,她的眼睛怎样静静地转向黑暗的窗口。他开始想到她,心里觉得平静起来。"纯洁的姑娘,"他轻声说,"纯洁的星星。"他带着微笑补充了一句,就安然躺下了。

可是莱姆却把写着乐谱的本子放在膝上,在床边坐了许久。他感到,仿佛有一个从未有过的甜美的旋律即将在他头脑里产生:他的心已经在燃烧,在激动,他已经感到那旋律临近时的甜蜜和慵懒……然而他却未能等到它……

"既不是诗人,又不是音乐家!"他最后喃喃地说。

于是他的疲倦了的头就重重地倒在枕头上。

23

次日早晨，宾主二人在花园里的一株老菩提树下喝茶。

"大师！"拉夫列茨基顺便说，"过不多久，您就该写一首喜庆颂歌了。"

"为了什么？"

"祝贺潘申先生和丽莎的婚礼呀。您有没有注意到，昨天晚上他一个劲儿地向她献殷勤？看来，他们的事进行得很顺利。"

"不会有这种事！"莱姆高声说。

"为什么？"

"因为这是不可能的。不过话又说回来，"他停了一停又说，"世界上什么事都可能。尤其是在你们俄罗斯。"

"我们暂且不谈俄罗斯；可是您觉得这件婚事有什么不

好呢?"

"一切都不好,都不好。丽莎维塔·米哈伊洛夫娜是一个正直的、严肃的姑娘,有着崇高的感情,可是他……总而言之,是半瓶醋。"

"她不是爱他吗?"

莱姆从凳子上站起来。

"不,她并不爱他,就是说,她的心地太纯洁,她自己还不知道'爱'是什么意思。卡利京夫人对她说,他是个很好的年轻人,她就听卡利京夫人的话,因为她还完全是个孩子,尽管她已经十九岁了。她早上祈祷,晚上也祈祷,——这固然很值得夸奖,可是她并不爱他。她只能爱那些美好的,可是他并不美好,就是说,他的心灵并不美好。"

莱姆怀着激情一口气说了这一番话,一面迈着小步在茶桌前来回走着,目光扫视着地面。

"我尊敬的大师!"拉夫列茨基突然叫了起来,"我看,是您自己爱上了我那表侄女了。"

莱姆猛然站住。

"请不要跟我开这样的玩笑,"他声音不坚定地说,"我不是疯子:我两眼望的是黑暗的坟墓,而不是粉红色的未来。"

拉夫列茨基不禁对老人动了怜悯，请求他原谅。喝完早茶，莱姆为他弹了他自己写的一首颂歌。午饭时，在拉夫列茨基的怂恿下，他又谈起了丽莎。拉夫列茨基注意地、好奇地听着他。

"您看怎么样，赫里斯托福尔·费奥多雷奇，"他终于说，"现在这儿的一切似乎都整理就绪，花园里的花都盛开了……我们何不请她到这儿来玩上一天？还请上她的母亲和我的老姑妈。这会让您高兴么？"

莱姆低着头在吃饭。

"就请她们来吧。"他说话的声音几乎听不见。

"不用请潘申吧？"

"不用。"老人说，露出了孩子般的微笑。

两天后，费奥多尔·伊万内奇进城到卡利京家去。

24

他来到卡利京家的时候，她们全都在家，但是他并没有马上说明来意。他想先跟丽莎单独谈一谈。事有凑巧：正好只剩下他们俩留在客厅里。他们就谈起来；她已经跟他熟了，——一般地说，她并不怕见陌生人。他听她说着，望着她的脸，心里重复着莱姆的话，暗暗同意他的说法。有时候有这样的情形：两个彼此已经认识然而并不接近的人，会突然之间，在几分钟内很快地亲近起来，——而且这种亲近的感觉会立刻在他们的眼神里，在他们的亲切的、静静的微笑中，甚至在他们的一举一动之中，都表现出来。拉夫列茨基和丽莎的情形正是如此。

"他原来是这样的。"她温柔地望着他，心里想道；"你原来是这样的。"他也这样想道。因此，当她有些欲言又止地对他说，她心里早有话想对他说，又怕他见怪的时候，他并没有感到十分惊讶。

"不要怕，您说吧。"他说了，就在她面前站住。

丽莎抬起她的明亮的眼睛望着他。

"您是那么善良，"她开始说，一面心里在想：是啊，他真是善良的……"您要原谅我，否则我是不敢跟您提这件事的……可是，您怎么能……您为什么要和您的妻子分开呢？"

拉夫列茨基颤抖了一下，望了望丽莎，在她身旁坐下。

"我的孩子，"他开始说，"请不要触碰那伤口；您的手是温柔的，可是仍然触痛了我。"

"我知道，"丽莎好像没有听见他的话似的，继续说，"她做的事是对不起您，我并不想为她辩护。但是，上帝结合在一起的，怎么可以拆开呢？"

"在这一点上，我们的看法是太不相同了，丽莎维塔·米哈伊洛夫娜，"拉夫列茨基相当不客气地说，"我们彼此是不会了解的。"

丽莎的脸色苍白了；她的全身微微颤抖起来，然而她并没有缄默。

"您应该饶恕别人，"她低低地说，"如果您也希望得到别人的饶恕。"

"饶恕！"拉夫列茨基接过来说，"您先应该知道，您是否应该先打听一下，您是在替什么人说情？饶恕这个女人，再把这个无聊的、没有心肝的东西，接到我家里来！有谁告诉您，她想回到我这里来的呢？得啦吧，她对自己的处境正非常满意呢……这件事不值一谈！她的名字不应该从您的嘴里说出来。您是太纯洁了，您甚至没法了解她是个什么东西。"

"为什么要侮辱她！"丽莎用力地说。可以看得出她的手在明显地发抖。"是您自己不要她的呀，费奥多尔·伊万内奇。"

"我不是对您说过，"拉夫列茨基反驳说，不由得烦躁起来，"您不知道她是个什么玩意儿！"

"那您当初为什么要跟她结婚？"丽莎低声说，低垂下眼睛。

拉夫列茨基很快地从椅子上站起来。

"我为什么要跟她结婚？当时我年轻，又没有经验；我受骗了，我被美丽的外表给迷住了。我不了解女人，我什么都不懂。愿上帝保佑您缔结更幸福的婚姻！但是请相信，什么事都不能十拿九稳的。"

"这么说，我也会同样的不幸，"丽莎说（她的声音开始发颤），"到那时候只好听天由命了；我不知道该怎么说，可是如果我们不听天……"

拉夫列茨基紧握双手，把脚一跺。

"请不要生气，原谅我。"丽莎急忙说。

在这一刻，玛丽亚·德米特里耶夫娜走了进来。丽莎站起身，想出去。

"请等一会儿，"拉夫列茨基突然在后面叫她，"我想请您母亲跟您光临我的新居。您知道，我弄了一架钢琴；莱姆正在我家做客；丁香花正在盛开，你们可以呼吸呼吸乡村的空气，当天就可以回来，——你们同意吗？"

丽莎望了望母亲，玛丽亚·德米特里耶夫娜却做出一副病恹恹的样子，但是拉夫列茨基不等她开口，马上就上去吻了她的双手。玛丽亚·德米特里耶夫娜一向容易被柔情所打动，而且万万没有料到这个"海豹"居然会这样温柔，不禁心软下来，答应了。她正在考虑哪一天去好，拉夫列茨基趁机走到丽莎跟前，仍然很激动，悄悄地对她说：

"谢谢您，您是个好姑娘，是我不好……"这时她的苍白的脸变得绯红，露出快乐的、羞怯的微笑；她的眼睛也笑了。直到此刻，她一直在担心，她是不是伤害了他。

"弗拉基米尔·尼古拉伊奇可以跟我们同去吗？"玛丽亚·德米特里耶夫娜问。

"当然可以，"拉夫列茨基说，"不过只是我们自家人团聚，不是更好吗？"

"不过，似乎……"玛丽亚·德米特里耶夫娜开始说，"不过，随您的便。"她又加上一句。

决定了带连诺奇卡和舒罗奇卡同去。马尔法·季莫费耶夫娜辞谢了这次出游。

"我受不了啦，亲爱的，"她说，"浑身老骨头痛；你那儿大概没有地方过夜，而且我也睡不惯别人的床。让这班年轻人去蹦蹦跳跳去吧。"

拉夫列茨基已经不再有机会和丽莎单独在一块儿；但是他那样望着她，使她感到又是愉快，又有些害羞，同时又可怜他。和她告辞的时候，他紧紧地握了她的手；只剩下她一个人的时候，她不禁沉思起来。

25

拉夫列茨基回到家里，客厅门口有一个瘦高个儿迎着他；那人身穿破旧的蓝色常礼服，脸上皱纹很多，但是精神饱满，留着蓬乱的花白颊须，笔直的长鼻子，一双小眼睛里满是红丝。这是米哈列维奇，他大学时代的同学。拉夫列茨基起初没有认出他，但是来客刚报出自己的名字，他就热烈地拥抱他。他们自从在莫斯科分手以后，就没有见过面。随之而来的是雨点般的惊叹和询问，忘却已久的回忆都涌现了。米哈列维奇匆忙地、一袋接一袋地抽烟，有时喝一口茶，一面挥动着长胳臂向拉夫列茨基讲述自己的经历。他的经历并没有十分值得高兴的事，在他经营的企业里也没有可以夸耀的成功，——可是，他却不断地发出嘶哑的、神经质的大笑。一个月前，他在一个有钱的包税商人的私人事务所里找到一个位置，离Ｏ市大约三百俄里，他听说拉夫列茨基已经回国，就绕道前来和老朋友见面。米哈列维奇说话仍旧和年轻时一样容易冲动：也像当年那样大嗓门，慷慨激昂。拉夫列茨基正要谈起自己的境况，可是米哈列维奇打断了他，急忙低语说："我听说了，兄弟，我听说了，——这有谁能料得到呢？"接着，立刻把谈话转到一般的话题上去。

"我，兄弟，"他说，"明天就得走；今天，你可得原谅我，我们要晚些睡觉。我一定要知道：现在你是什么样的，你有什么样的见解和信念，你变成了什么样的人，生活给了你什么教训（米哈列维奇还沿用三十年代的用语）。至于我嘛，兄弟，我在许多方面都变了：生活的浪涛涌进我的胸怀——这是谁说的话？——虽然在重要的、基本的方面我都没有改变；我仍旧相信善，相信真理；我不仅仅是相信，——我现在是有信念，是的，我有信念，有信念。你听我说，你知道，我有时写写诗，我的诗没有诗意，然而有真理。我把我最近写的一首诗念给你听听：在这首诗里我表达了我最诚挚的信念。你听着。"

米哈列维奇便开始朗诵他的诗，这首诗相当长，结尾是这样的：

> 我将整个心灵献给新的感情，
> 我心灵上有如婴儿初生；
> 我将昔日崇拜的全部付诸一炬，
> 我昔日焚毁的一切，如今我又崇拜。

念到最后两行，米哈列维奇几乎要哭出来；微微的痉挛——强烈的感情激动的征状——掠过他的宽阔的嘴唇，他的并不好看的脸上放出了光彩。拉夫列茨基听着，听着，胸中不由起了反感：这位莫斯科大学生的时刻准备着的、经常沸腾着的兴奋激怒了他。一刻钟还没有过，他们就面红耳赤地争论起来，这是唯有俄国人才会有的无休无止的争论。经过在两种不同环境里度过的多年的离别，他们二人还没有把对方的，甚至自己的思想弄个清楚，就抓住对方的片言只语，用同样的话来反驳，为了一些极为抽象的问题辩论起来——好像辩论的是他们生死攸关的问题：他们提高嗓门大喊大叫，惊动了家里所有的人；可怜的莱姆，从米哈列维奇来后就把自己关在自己的房间里，他被弄得莫名其妙，甚至惶惶不安起来。

"从那件事发生以后你怎么啦？悲观失望了吗？"夜里十二点多钟，米哈列维奇大嚷道。

"难道有像我这样悲观失望的人吗？"拉夫列茨基反问道，"那种人都是面色苍白、病病歪歪的。可是，你要不要我一只手把你举起来给你看看。"

"好吧，要不是悲观者，就是个坏（怀）疑主义者（米哈列维奇说话时露出了他的小俄罗斯①的乡音），那就更糟。可是你有什么权利做一个怀疑主义者？就算你的运气不好，那也不能怨你：你生来就有着一颗热烈的、多情的心，但是环境硬是不让你接近女人，所以，你一旦碰上一个女人，她不欺骗你才怪呢。"

"她把你也给欺骗了。"拉夫列茨基阴郁地说。

"就算如此，就算如此；在这件事情上我做了命运的工具，——咳，我在瞎说些什么呀，——这里哪有什么命运，这又是我用词不当的老毛病。可是，这又能证明什么呀？"

"这证明，我从 想就被扭曲了。"

---

① 旧俄时对乌克兰 的说法。

"那你就把自己纠正过来！这才不愧是个人，是个堂堂的男子汉；你有的是精力嘛！不管怎么说，把一个所谓的个别事件提高成为一般的规律，成为确定不变的规矩，——那怎么行，怎么可以容许呢？"

"这跟规矩有什么关系？"拉夫列茨基打断了他，"我可不承认……"

"不，这是你的规矩，你的规矩。"米哈列维奇也打断了他。

"你是个利己主义者，没错！"一小时后，米哈列维奇又吼叫起来，"你只要自我享乐，你希望生活幸福，你只想为自己生活……"

"什么叫自我享乐？"

"结果一切都欺骗了你，你脚底下的一切都崩溃了。"

"我在问你，什么叫自我享乐呀？"

"它不崩溃才怪呢。因为你在找不到支柱的地方去寻找支柱，因为你是在流沙上建造你的房子……"

"把话说明白些，不要打比方，因为你的话我听不懂。"

"因为，——你大概会觉得好笑，——因为你没有信念，没有温暖的心；你只有智力，只有不值一文钱的智力……

你不过是个可怜的、落后的伏尔泰信徒——这就是你！"

"谁？我是个伏尔泰信徒？"

"没错，跟你父亲一模一样，可你自己根本没有意料到。"

"这么说，"拉夫列茨基叫道，"我可有权利称你是个狂热者了！"

"唉！"米哈列维奇伤心地说，"不幸，我还没有资格配得上这么崇高的称号……"

"现在，我可想出来怎么称呼你了，"半夜两点多钟，那位米哈列维奇又大叫起来，"你不是怀疑主义者，不是悲观者，不是伏尔泰信徒，你——是个懒汉，而且是个不怀好意的懒汉，是个明知故犯的懒汉，而不是天真幼稚的懒汉。天真幼稚的懒汉只是躺在炕上，什么也不做，因为他们什么也做不来；他们甚至什么都不想，然而你是一个有思想的人——可是你却躺着；你是可以有所作为的——然而却什么也不干；你挺着你那吃得饱饱的肚皮躺着，嘴里说什么：'就应该这样躺着，因为不管人们做什么——一切都是胡来，一切都是瞎忙。'"

"你何以见得我是躺着的呢？"拉夫列茨基说，"你为什么会认为，我有那种想法？"

"此外,你们这批家伙,你们这些难兄难弟,"米哈列维奇喋喋不休地说,"都是些博学的懒汉。你们知道德国人的缺点,知道英国人和法国人有哪些地方不行,——于是,你们的可怜的知识就来帮你们的忙,证明你们的可耻的懒惰,你们的可恶的游手好闲是正确的。有人甚至还以此自豪,说什么,'我是个聪明人,——所以我躺着,那些傻瓜才去忙忙碌碌。'是啊,我们这儿也有这样的老爷们,——不过,我并不是说你,——他们的一生就在一种懒洋洋的百无聊赖之中度过,习惯了这么懒洋洋地泡在里面,就像……就像蘑菇泡在酸奶油里,"米哈列维奇说着,不禁因为自己的譬喻好笑起来,"啊,这种懒洋洋的百无聊赖——就断送了咱们俄国人!这些该死的懒汉,嘴里说要准备工作说了一辈子……"

"你骂个什么劲啊?"这回轮到拉夫列茨基吼叫了,"工作啊……干啊!可是,你先别骂,你最好说说,该干什么。我的波尔塔瓦①的德摩斯梯尼②!"

"哦,原来你想知道这个!兄弟,这我可不能告诉你,

① 波尔塔瓦在乌克兰。
② 德摩斯梯尼(公元前384—前322),古雅典雄辩家。这里是指米哈列维奇。

这是每个人自己应该知道的，""德摩斯梯尼"讽刺地说，"又是地主，又是贵族——还不知道该干什么！你没有信仰，否则你就会知道该干什么；没有信仰——所以得不到启发。"

"该死的东西，至少也得让我休息休息，让我看看周围的情况呀。"拉夫列茨基说。

"一分钟也休息不得，一秒钟也不行！"米哈列维奇做了一个命令式的手势，说，"一秒钟也不行！死亡不等人，生活也不能等待。"

"人们到底是在什么时候，又是在什么地方，想出来要做懒汉的呀？"半夜三点多钟，米哈列维奇又嚷起来，可是嗓子已经有些嘶哑，"就是在我们这儿！就是在目前！在俄国！在这时候，我们每一个人对上帝，对人民，对自己，都有义务，都肩负着伟大的重任！我们在睡觉，时光在流逝，我们却在睡大觉……"

"请让我向你指出，"拉夫列茨基说，"现在我们根本不是在睡觉，不如说，我们是不让别人睡觉。我们像公鸡似的，直着嗓子叫。你听，这已经是鸡啼三遍啦。"

被他这么一说，米哈列维奇不禁觉得好笑，也安静了下来。"明天见。"他微笑着说，把烟斗塞进烟袋。"明天见。"

拉夫列茨基也说。但是两个朋友又继续聊了一个多小时……不过他们不再提高嗓门,他们的谈话是平静的,忧伤的,充满了善意。

米哈列维奇第二天走了,虽然拉夫列茨基一再挽留,却没有能劝他留下,不过倒是和他畅谈了一个痛快。原来,米哈列维奇是身无分文。拉夫列茨基在头一天晚上就怜惜地注意到米哈列维奇身上带有长时期贫困潦倒的种种征状和习惯:他的鞋跟磨歪了,常礼服的后背缺一个钮扣,手上久已没有戴过手套,头发上粘着绒毛;他来了以后,根本没有想到要稍事盥洗;吃晚饭时狼吞虎咽,用手把肉撕开,再用他那发黑的、结实的牙齿咯吱咯吱地嚼着骨头。原来,他的官运并不亨通,现在他把一切希望都寄托在那个包税商身上,其实,那个商人所以雇用他,无非是为了在自己的事务所里摆一个"有学问的人"撑撑场面。尽管如此,米哈列维奇并没有灰心丧气,仍旧我行我素,过着他那愤世嫉俗者、理想主义者、诗人的生活,真心实意地关心着人类的命运和自己的使命,为它们忧心忡忡;至于自己会不会死于冻馁,却极少关心。米哈列维奇没有结过婚,但是恋爱的次数却不知有多少,为他所有钟情的对象写过诗,他特别热情歌颂过一个神秘的黑发"潘娜"①……虽然,风闻这位"潘娜"不过是一个普普通通的犹太女人,是好多骑兵军官的老相好……不过,仔细想想,这又有什么关系呢?

米哈列维奇和莱姆却合不来:由于不习惯,这个德国人被他那大嚷大叫的言谈和粗野的举止吓坏了……同是天下沦落人,按理彼此相隔老远就该立刻辨认出来,可是到了垂暮之年莱姆却难以和他接近了,其实,这一点儿也不奇怪;他们不能互通款曲,——甚至自己的希望也不同。

临行前,米哈列维奇又和拉夫列茨基谈了许久,预言他如果再不醒悟,就要完蛋,还恳求他认真关心自己的农民的生活,他拿自己为例,说他已经在苦难的熔炉里得到净化,——几次自称是一个幸福的人,把自己比做天上的飞鸟和幽谷的百合花②……

"无论如何,只不过是一朵肮脏的百合花。"拉夫列茨基说。

---

① 波兰语"姑娘"的俄语译音。
② 米哈列维奇引用了《圣经》里的话:"你们看那天上的飞鸟,也不种,也不收……你们的天父尚且养活他,你们不比飞鸟贵重得多么。"(《圣经·新约·马太福音》第六章)"我是谷中的百合花。"(《圣经·旧约·雅歌》第二章)

"嗳，兄弟，别来你贵族老爷的那一套啦，"米哈列维奇温厚地说，"你还是要感谢上帝，他让你的血管里流着诚实的平民的血液①。可是依我看，现在你需要有一个纯洁的、天使般的人儿，来把你从这种冷漠麻痹的状态中拯救出来……"

"多谢你，兄弟，"拉夫列茨基喃喃地说，"我可吃足了这些天使般人儿的苦头。"

"住嘴，完世不共的人！"米哈列维奇叫起来。

"'玩世不恭的人'。"拉夫列茨基纠正他。

"正是完世不共。"米哈列维奇不以为意地又说了一遍。

甚至在他把那扁扁的、轻得出奇的黄皮箱已经放进马车，自己也上了车的时候，他还是说个不停。他裹着一件领子已经泛红褐色、钉着狮爪搭襻代替钮扣的西班牙式斗篷，还在发挥他关于俄罗斯命运的高论，在空中挥动着一只黝黑的手，好像是在播着未来幸福生活的种子。马匹终于起步了……"记住我的最后三句话，"他把整个身子从马车里伸出来，一边摇摇晃晃，一边喊道，"宗教，进步，

---

① 指拉夫列茨基的母亲是农奴。

人道主义！……再见了！"他的被帽子压住眼睛的脑袋消失了。拉夫列茨基独自站在台阶上，遥望着道路，直到马车看不见为止。"其实，他的话大概是对的，"他回到屋子里，一面在想，"我大概是个懒汉。"米哈列维奇的许多话都不可抗拒地进入他的心灵，尽管他当时和他争论，不同意他。只要一个人的心地是善良的，——就没有人能够反驳他。

26

两天之后,玛丽亚·德米特里耶夫娜带着她的全班年轻人前来瓦西里耶夫斯科耶村践约。小姑娘们立刻跑到花园里去;玛丽亚·德米特里耶夫娜却懒洋洋地看了所有的房间,懒洋洋地夸奖一切。她把造访拉夫列茨基看做是纡尊降贵,几乎是行善。当安东和阿普拉克谢娅按照做下人的古礼上前去吻她的手时,她和蔼地微笑了,少气无力地齉着鼻子说她想喝茶。安东那天特地戴上针织的白手套,然而给莅临的贵夫人献茶的差事却没有轮到他,而是拉夫列茨基雇来的一个侍仆,这可使他大为恼火。照老头儿的说法,此人连一点儿尊卑长幼的规矩都不懂。可是,在午餐时候,安东总算如愿以偿了:他牢牢地站在玛丽亚·德米特里耶夫娜的椅子背后,对谁也不肯让出自己的位子。

瓦西里耶夫斯科耶村已经很久没有宾客莅临，目前的情景使老头儿又惊又喜：看到他们家老爷和上等人来往，他感到很高兴。而且，那天激动的不只他一个人，莱姆也很激动。莱姆穿上短短的、鼻烟色的燕尾服，紧紧地系着颈巾，不断地清着嗓子，亲切愉快地谦让着。拉夫列茨基欣慰地注意到，丽莎和他还是保持着亲密的关系：她一进门就友好地向他伸出手来。午餐完毕，莱姆从他不时伸手去摸的礼服后面的口袋里取出一小卷乐谱，紧抿着嘴唇，默默地把乐谱放在钢琴架上。这是昨晚他为一首讲到天上繁星的古德语歌词谱写的浪漫曲。丽莎马上坐到钢琴前，试弹起那首浪漫曲……可叹的是，音乐显得杂乱和令人难受地紧张；显然，作曲者的意图是努力要表现出一种热烈而深邃的情绪，结果却毫不成功：努力只落了一场空。拉夫列茨基和丽莎都感到了这一点——莱姆自己心里也明白：他什么也没有说，就把自己的浪漫曲放回口袋里；丽莎建议让她再弹一遍，他只是摇了摇头，含有深意地说："现在——就算了吧！"——便弯着腰，缩着身子，走了出去。

傍晚时分，大伙都去钓鱼。花园尽头的池塘里有好多鲫鱼和鲑鱼。为玛丽亚·德米特里耶夫娜在岸边的树荫下安放了一张圈椅,脚下铺上一块小地毯,为她准备了最好的钓竿;安东是有经验的钓鱼老手,便来伺候她钓鱼。他卖力地装上蚯蚓做鱼饵,用手拍拍,吐上两口唾沫,甚至还姿势优美地全身前倾着,亲自把钓钩抛出去。玛丽亚·德米特里耶夫娜当天在向费奥多尔·伊万内奇提到安东的时候,用女塾式的法语说:"不像往昔,如今这样的人可没有了。"莱姆带了两个小姑娘跑得老远,一直跑到堤上;拉夫列茨基却坐在丽莎身旁。鱼儿不断地上钩,鲫鱼被钓上来的时候,腹部在空中闪闪发光,时而是金黄色,时而是银白色。小姑娘们的欢呼声没有停过;连玛丽亚·德米特里耶夫娜也娇滴滴地尖叫了两次。拉夫列茨基和丽莎钓到的鱼最少,这大概是因为他们不像别人那样专心地钓鱼,只是听任漂子向岸边漂动。略带红色的、高高的芦苇在他们周围悄悄地沙沙作声,平静的湖水在他们面前悄悄地闪耀着,他们的谈话声也是悄悄的。丽莎站在一个小埠头上,拉夫列茨基坐在一株爆竹柳的倾斜的树干上。丽莎身穿一袭白色长衣,腰间束的宽带也是白色的,她的草帽挂在一只手臂上,另一只手稍稍费力地拿着弯弯的钓竿。拉夫列茨基望着她那纯洁的、略嫌严肃的侧面,她那掠到耳后的秀发，她那有些晒黑的、孩子般娇嫩的面颊，心里想道："啊，你站在我的池畔，是多么美啊！"丽莎没有转脸望他，只是似蹙非蹙，似笑非笑地凝视着池水，近处一株椴树的阴影落在他们俩的身上。

"您知道吗？"拉夫列茨基开始说，"关于我们上次的谈话，我想了许多；我得到的结论是：您的心真好。"

"我的本意根本不是这样……"丽莎想说，不禁难为情起来。

"您的心真好，"拉夫列茨基又说了一遍，"我是个大老粗，可是连我都能感到，所有的人都会爱您。就拿莱姆来说吧：他简直是爱上您了。"

丽莎的双眉并不是皱起，而是颤动了一下；在她听到什么不中听的话时，总是这样。

"我今天非常替他难受，"拉夫列茨基接着说，"他的浪漫曲失败了。年纪轻而写不好——还可以忍受，可是到了老年却力不从心——那是令人难受的。而且可悲的是，一个人的精力在不知不觉地日见衰退，可他却没有感到，一个老年人是经不起这样的打击的！……注意，您有鱼上钩了……听说，"拉夫列茨基沉默了一会儿，又说，"弗拉基米尔·尼古拉伊奇写了一首非常好的浪漫曲。"

"是的,"丽莎回答说,"是个小玩意儿,不过还不错。"

"可是,你觉得他怎么样,"拉夫列茨基问,"他是个高明的音乐家么?"

"我认为,他很有音乐才能,不过,他至今还没有下苦功夫。"

"是啊。可是他的为人好么?"

丽莎笑起来,迅速地瞥了费奥多尔·伊万内奇一眼。

"问得多么奇怪!"她高声说,把钓竿拉出来,又远远地抛出去。

"有什么奇怪呢,我这个人刚来此地不久,又是您的亲戚,所以才向您问起他。"

"亲戚?"

"是啊。我大概可算是您的舅舅吧?"

"弗拉基米尔·尼古拉伊奇的心眼好,"丽莎说,"为人聪明;妈妈很喜欢他。"

"那么您喜欢他吗?"

"他是个好人,我为什么不能喜欢他呢?"

"哦!"拉夫列茨基说了一声,就沉默了。一种半是忧愁，半是嘲笑的表情在他的脸上掠过。他牢牢地盯着丽莎看着，看得她不好意思起来，但是她继续微笑着。"好吧，愿上帝赐给他们幸福！"他终于喃喃地说，好像是在自言自语，就扭过头去。

丽莎的脸红了。

"您弄错了，费奥多尔·伊万内奇，您别以为……难道您不喜欢弗拉基米尔·尼古拉伊奇？"她突然问。

"不喜欢。"

"那是为什么？"

"在我看来，他根本没有心。"

丽莎脸上的微笑消失了。

"您一向是严于责人的。"她沉默了一会儿才说。

"我并不这样想。您想，我有什么权利严于责人，我自己还需要人家的宽容呢。还是您忘了，只有懒人才不会来嘲笑我呢？……怎么样，"他又说了一句，"您遵守您的诺言了吗？"

"什么诺言？"

"您为我祈祷过吗？"

"是的，我为您祈祷过，而且每天为您祈祷。不过请您不要随便地说到这种事情。"

拉夫列茨基向丽莎保证说，他压根儿没有过这种念头，他对任何信仰都怀有深深的敬意；然后他就讲到宗教，讲到宗教在人类历史上的作用，讲到基督教的作用……

"一个人应该做一个基督徒，"丽莎有些费力地说，"并不是为了知道天堂……或是……人世的事，而是因为，每个人都有一死。"

拉夫列茨基不禁惊讶地抬起眼来望着丽莎，并且和她的目光相遇了。

"您说的是什么话呀！"他说。

"这不是我的话。"她回答说。

"不是您的话……那您为什么要说到死？"

"我不知道。我常常想到死。"

"常常？"

"是的。"

"瞧您现在的模样，是不会这么说的。您的脸是那么快活，容光焕发，您在微笑……"

"是的，我现在快活极了。"丽莎天真地说。

拉夫列茨基真想抓住她的双手，紧紧地握住它们……

"丽莎，丽莎，"玛丽亚·德米特里耶夫娜叫了起来，"过来，看我钓了一条好大的鲫鱼。"

"就来，妈妈。"丽莎答应着，就到她那里去了，拉夫列茨基仍旧坐在爆竹柳上。"我同她谈话，好像我并不是一个老朽的人。"他想道。丽莎走开的时候，把帽子挂在树枝上。拉夫列茨基怀着异样的、近乎是温柔的感情望了望这顶帽子，望着那微皱的长飘带。丽莎很快又回到他这里，仍旧站在埠头上。

"您怎么会以为弗拉基米尔·尼古拉伊奇没有心呢？"过了一会儿，她问。

"我已经对您说过，我可能错了；不过，日久会见人心的。"

丽莎沉思起来。拉夫列茨基开始谈到他在瓦西里耶夫斯科耶村的生活，谈到米哈列维奇，谈到安东；他感到有一种需要和丽莎谈话，要把心里的一切都告诉她：她是那么亲切地、那么聚精会神地听他说；她偶尔提出的一些看法和不同的意见，在他听来是那么单纯，那么聪明。他甚至把这种想法也对她说了。

丽莎惊奇起来。

"是真的吗?"她说,"可是我还以为,我跟我的使女娜斯佳一样,是没有自己的语言的呢。有一次她对她的未婚夫说:'你跟我在一起一定觉得很乏味,你对我说的话都那么好听,可是我却没有自己的语言。'"

"真要感谢上帝!"拉夫列茨基想道。

27

　　这时，黄昏来临了，玛丽亚·德米特里耶夫娜表示想要回家。好不容易才把小姑娘们从池畔弄回来，给她们收拾停妥。拉夫列茨基吩咐给他鞴马，说他要送客人到半路。搀扶玛丽亚·德米特里耶夫娜上了马车，他发现莱姆不见了，哪儿也找不到这位老人。刚钓完鱼，老人就不见了。安东以他那把年纪来说是惊人的气力砰地关上车门，正颜厉色地叫道："走啦，伙计！"——马车就动了。玛丽亚·德米特里耶夫娜和丽莎坐在后座，两个小姑娘和使女坐在前面。黄昏是温暖而静谧的，车上两面的窗都开着。拉夫列茨基骑着马，靠着丽莎那边和马车并排缓缓而行，一只手放在车门上，——他把缰绳扔在从容缓驰的马的颈脖上——偶尔和这位少女交换三言两语。晚霞消逝，夜色降临，但是空气反而变得温暖了。玛丽亚·德米特里耶夫娜很快就打起盹来；小姑娘们和使女也睡着了。马车迅速而平稳地走着；丽莎把身子前倾着，初升的新月照着她的脸，夜晚芳香的微风吹拂着她的眼睛和面颊。她觉得舒服极了。她的手扶着车门，挨着拉夫列茨基的手。他也觉得非常舒服。他仿佛漂浮在平静的温暖的夜色中，目不转睛地望着那张善良的、年轻的脸庞，聆听着那年轻的、即使低语时也是清脆的声音在说着纯朴善良的话。就这样，他竟不知不觉地走过了路途的一半。他不愿意惊醒玛丽亚·德米特里耶夫娜，只是轻轻地握了握丽莎的手，说："现在，我们是朋友了，不是吗？"她点点头，他把马勒住。马车就轻轻地晃动着、摇摆着，向前驶去。拉夫列茨基让马缓步走着回家。夏夜的魅力包围着他，周围的一切都显得那么出人意料地异样，同时又是久已熟悉的，那么甜蜜。远近的一切都静止了——远处的景色也朦胧可见，青春的、如花盛放的生命就显现在这片静谧之中。拉夫列茨基的马精神饱满地跑着，有节奏地左右摇摆；它的巨大的黑影和它并排走着；在它的嘚嘚的蹄声中，似乎有着神秘的悦耳的声音，在鹌鹑的喧嚷的啼叫声中，又有着快乐而奇妙的东西。星星隐没在明净的薄雾中,弦月射下明澈的清辉,有如一道蓝色的清溪流过天际,又将点点的淡金洒在近处飘过的轻云上面。清新的空气使眼睛有些潮润,它亲切地充溢着四肢,又如一股湍流再涌入胸际。拉夫列茨基尽情享受这种快感,为此感到喜悦。"好吧,我们还要生活下去,"他想道,"我们还没有完全被毁掉……"他并没有说完:是被什么人或是被什么东西毁掉……接着,他想起了丽莎,想到她恐怕未必会爱潘申;想到如果他在别的情况下和她邂逅——天知道,不知会有怎样的结果;想到现在他才懂得莱姆对她的感情,虽然她没有"自己的"言语。然而,这种说法是不对的:她是有自己的言语的……"不要轻率地说到这种事情",——拉夫列茨基又回忆起这句话。他骑在马上低着头走了好久,然后挺直身子,慢慢地念道:

我将昔日崇拜的全付诸一炬;
我昔日焚毁的一切,如今我又崇拜……

接着,他在马身上抽了一鞭,急驰回家了。

下马的时候,他最后一次环视四周,不由露出感激的微笑。夜，寂静的、亲切的夜，笼罩着山丘和峡谷，从远处，从它那芳香的深处，天知道是从什么地方——不知是从天上还是从地上——送来微微的、柔和的暖意。拉夫列茨基最后一次向丽莎祝了晚安，就跑上台阶。

第二天过得相当没劲。从早就下起了雨；莱姆满脸不高兴的样子，嘴巴越闭越紧，好像他发誓永不再开口似的。拉夫列茨基要就寝的时候，拿了堆在桌上一大堆足有两个多星期不曾拆开的法国报刊上床。他随手把封套撕开，草草浏览着新闻栏目，其实，里面并没有什么新闻。他正要把它们扔开——猛然，好像被螫了一下似的，从床上跳起来。在一份报纸的小品栏里，我们已经熟悉的那位茹里先生向读者报道了一条"令人伤心的消息"："美丽迷人的莫斯科美人，"他写道，"时装皇后之一，为巴黎的沙龙生色的拉夫列茨基夫人，几乎是突然地香消玉殒，——令人惋惜的是此项消息十分可靠，是他茹里先生刚刚得到的。他，"他继续写道，"可说是死者的好友……"

拉夫列茨基穿上衣服，到花园里去，在同一条林阴道上一直徘徊到天明。

28

翌晨喝茶的时候，莱姆请拉夫列茨基给他预备马匹，他要回市里去。"我该去工作了，就是说，该去教课了，"老人说，"我在这儿只是白白浪费时间。"拉夫列茨基没有马上回答：他似乎有些心不在焉。"好吧，"他终于说，"我和您一同去。"莱姆不要仆人帮忙，怒冲冲地，累得呼哧呼哧地把自己的小皮箱收拾好，又把几页乐谱撕了烧掉。马匹准备好了。拉夫列茨基从书房走出来的时候，把昨晚看到的那张报纸放进衣袋。一路上，莱姆和拉夫列茨基很少交谈，各自想着自己的心事，互相庆幸彼此都各不相扰。两人分手的时候，态度也相当冷淡，不过，这在俄国的朋友们之间倒是常有的。拉夫列茨基把老人送到他的小屋前：莱姆下了车，取了箱子，连手也没有伸给他的朋友（他两只手都抱着箱子），朝他看也不看，只是用俄语说了声："再见，您哪！""再见。"拉夫列茨基也说，就吩咐车夫驱车去自己的寓所。他在O市租下了一套房子备用……拉夫列茨基写了几封信，匆匆地吃过午饭，就到卡利京家去。在他们家的客厅里，他只遇到潘申一个人，潘申对他说，玛丽亚·德米特里耶夫娜马上就下来，接着，就十分亲切和蔼地和他交谈起来。在这一天以前，潘申对拉夫列茨基的态度虽然说不上是倨傲，却是俯就的。但是，丽莎对潘申谈起她昨天的出游时，说起拉夫列茨基是一个极好的聪明人；这就够了：应该把这个"极好的"人争取过来。于是，潘申就用对拉夫列茨基的恭维开始，照他的说法，开始描绘玛丽亚·德米特里耶夫娜全家讲起在瓦西里耶夫斯科耶村时的那份高兴，接着，照他的惯例，又巧妙地把话题转到自己身上，开始谈他的事业，他的人生观、世界观和对官场的看法，关于俄国的未来说了两句，说对省长们应该严加管束；在这里他又喜滋滋地把自己嘲笑了几句，接着又顺便提到，他在彼得堡被委托"宣传普及对土地进行调查的思想"。他讲了很久，以漫不经心的自信大讲如何解决种种困难，好像魔法师玩球似的玩弄着最重大的行政问题和政治问题，把它们说得易如反掌，诸如"假如我是当局，我就这么干。""您是聪明人，一听就会同意我的看法。"之类的说法，总不离口。拉夫列茨基冷淡地听着潘申的高谈阔论：他不喜欢这个聪明、漂亮、自然优雅的人，不喜欢他那愉快的微笑、他那客气的声调和探究的目光。潘申凭他特有的迅速的鉴貌辨色的机灵，很快就看出，对方对他并不特别感兴趣，就借一个恰当的理由抽身了；他暗自想道，拉夫列茨基也许是个很好的人，但并不可爱，凶狠；总之，有些可笑。玛丽亚·德米特里耶夫娜由格杰奥诺夫斯基陪着出来了；随后，是马尔法·季莫费耶夫娜和丽莎，接着，是家里其他的人，后来，音乐爱好者别列尼岑娜也来了。这是一位瘦小的夫人，疲倦而美丽的小脸几乎像孩子的脸，身穿沙沙作响的黑衣服，手里拿一把花花绿绿的扇子，手上戴着沉甸甸的金镯；她的丈夫也来了，这是一个面颊红润的胖子，手大，脚也大，白睫毛，厚嘴唇上挂着死板的微笑。在外面做客的时候，妻子从不跟他说话，可是在家里和他撒娇发嗲的时候，就唤他"我的小猪猡"。潘申又回来了，屋子里变得非常热闹，人声嘈杂起来。拉夫列茨基素来不喜欢这样人多热闹的场合；尤其是，别列尼岑娜不时用长柄眼镜打量他，这格外使他恼火。要不是为了丽莎，他会马上离开：他想和她单独说两句话，但是一直找不到适当的机会，只是怀着暗暗的喜悦目随着她，也就感到心满意足；他觉得，丽莎的容貌从来没有像今天这样高贵，这样可爱。相形之下，别列尼岑娜就大大地逊色了。那一位坐在椅子上不断地扭动，耸动着瘦削的肩膀，娇声娇气地大笑，一会儿眯缝起眼睛，一会儿又突然把眼睛睁得大大的。丽莎却文静地坐着，目光前视，一点儿也不笑。主妇坐下跟马尔法·季莫费耶夫娜、别列尼岑娜以及格杰奥诺夫斯基玩牌。格杰奥诺夫斯基打牌慢得要命，不断出错牌，眨着眼，用手帕擦脸。潘申摆出一副抑郁寡欢的样子，说话简短，似乎含有深意而忧伤，——完全是一个不得志的艺术家，——可是，不管别列尼岑娜怎样对他撒娇撒痴，一再央求他演唱他的浪漫曲，他都不答应：拉夫列茨基的在场使他感到拘束。拉夫列茨基也很少开口；他刚走进来，他脸上特殊的表情就使丽莎吃惊：她马上感到，他有话要告诉她，但是她自己也不知道为什么，却不敢去问他。最后，她到大厅去斟茶的时候，终于不由自主地转过头来看了看他。他立刻跟着她出来。

"您怎么啦？"她把茶壶放在茶炊上，说。

"您难道注意到什么了吗？"他说。

"您今天和往常不一样。"

拉夫列茨基向桌子低下头来。

"我要，"他开始说，"告诉您一个消息，但是现在不行。不过，您把小品栏里用铅笔做了记号的地方看一看，"他把带来的那份报纸交给她，又补充说，"请保守秘密，我明天早上来。"

丽莎惊讶起来……潘申在门口出现了：她把报纸放进自己的衣袋。

"您读过《奥贝曼》①吗，丽莎维塔·米哈伊洛夫娜？"潘申若有所思地问丽莎。

丽莎随便地回答了他，就离开大厅，上楼去了。拉夫列茨基回到客厅里，走近牌桌。马尔法·季莫费耶夫娜把包发帽上的丝带都解开了，脸上通红，开始向他抱怨她的对手格杰奥诺夫斯基，照她说，他连怎么出牌都不会。

---

① 《奥贝曼》是法国浪漫主义作家瑟南古（1770—1846）的长篇小说，作于一八〇四年，屠格涅夫称它是一部"浪漫主义的感伤小说"。

"可见，打牌，"她说，"跟瞎造谣言可不一样呀！"

她的对手仍旧一个劲儿地眨着眼，擦着脸。丽莎来到客厅，在角落里坐下。拉夫列茨基望了望她，她也望了望他——两人几乎都感到难受。他在她的脸上看到困惑和一种隐隐的谴责。要他向她倾吐自己心里的话，他做不到；要他像一位客人那样，和她一同待在一个屋子里，他又感到痛苦：他决定离去。和她告别的时候，他觑空又说了一遍他明天再来，还补充了一句，说他信赖她的友谊。

"请来吧。"她回答说，脸上仍然带着同样的困惑。

拉夫列茨基一走，潘申就活跃起来；他开始给格杰奥诺夫斯基出主意，和别列尼岑娜调笑，最后唱了他的浪漫曲。但是他跟丽莎说话和看着她的时候，神情还和以前一样：含有深意，又有些忧伤。

拉夫列茨基又是彻夜不眠。他并不伤心，也不激动，他是完全平静的，但是他不能入睡。他甚至没有回忆往事，他只是审视着自己的一生：他的心沉重而均匀地跳动着，时间流逝，他却毫无睡意。只是他的头脑里不时浮现这样的想法："这不是真的，这都是瞎编的。"——接着，他止住了这种想法，低下头来，重又来审视自己的一生。

29

第二天,拉夫列茨基到卡利京家去的时候,玛丽亚·德米特里耶夫娜对他并不十分亲切。"哈,居然来个没完了。"她心里想。她自己本来就不太喜欢他,加上潘申(他能够左右她的看法)昨晚称赞他的时候,口吻十分圆滑而又含有轻蔑,而且她并不把他当做客人,觉得他是一位亲戚,差不多是自家人,那就无需招待,所以还没有过半小时,他已经和丽莎来到花园里的林阴道上。连诺奇卡和舒罗奇卡在离他们不几步远的花坛上跑来跑去。

丽莎像平时一般平静,只是脸色比平时更为苍白。她从口袋里取出那张折得很小的报纸,交给拉夫列茨基。

"这真可怕!"她说。

拉夫列茨基没有回答。

"也许，这个消息还不确实。"丽莎又说。

"所以我才请您不要对别人说起。"

丽莎走了几步。

"请告诉我，"她开始说，"您不伤心吗？一点儿也不？"

"我自己都说不出我有什么感觉。"拉夫列茨基回答说。

"您从前不是爱她的么？"

"爱过。"

"很爱吗？"

"很爱。"

"那么，听到她死了您就不难受吗？"

"对我来说，她不是现在才死的。"

"您说这话真是罪过……请别生我的气。您称我是您的朋友：朋友是可以无话不说的。老实说，我甚至觉得可怕……昨天您的脸色是那么难看……您记得吗，前不久您还说过她的坏话来着？——也许那时候她已经不在人世了。这是可怕的。这真像是给您的惩罚。"

拉夫列茨基苦笑了。

"您以为是这样吗？……至少，我现在是自由的了。"

丽莎微微地战栗了。

"得啦,别这么说。您的自由对您有什么用?您现在应该想的不是这个,而是想到饶恕……"

"我早已饶恕她了。"拉夫列茨基打断了她,把手一摆。

"不,不是那个,"丽莎反驳说,她的脸红了,"您没有懂得我的意思。您应该关心的是使您得到饶恕……"

"要谁来饶恕我?"

"谁?上帝呀。除了上帝,还有谁能饶恕我们。"

拉夫列茨基抓住她的手。

"啊,丽莎维塔·米哈伊洛夫娜,请相信,"他叫道,"我已经被惩罚得够了。请相信我,我已经赎尽了我所有的罪愆。"

"这您可没法知道,"丽莎低声说,"您忘啦,不久前您和我谈话的时候,您还不愿意饶恕她呢。"

两人默默地在林阴道上走着。

"那么您的女儿怎么样啦?"丽莎停住了脚步,突然问。

拉夫列茨基颤抖了一下。

"哦,您放心吧!我已经给各处都发了信。我女儿的未来,像您对她……像您说的……是有保障的。这您不用担心。"

丽莎忧愁地笑了。

"不过,您说得对,"拉夫列茨基接着说,"我要我的自由干什么?自由对我有什么用?"

"您是什么时候收到这份报纸的?"丽莎说,没有回答他的问题。

"你们来我家的第二天。"

"难道……难道您竟没有流泪?"

"没有。我非常震惊,可是哪儿来的眼泪呢?为过去流泪吧——我的过去在我心里已经成了灰烬!……她的过错本身并不是毁了我的幸福,而只是向我证明,幸福根本就不曾有过。那么,还有什么可流泪的呢?然而,有谁知道?如果我早两个星期得到这个消息,说不定我会比较伤心……"

"早两个星期?"丽莎说,"在这两个星期里面究竟发生了什么事?"

拉夫列茨基没有回答,可是丽莎的脸突然红得更厉害了。

"是啊,是啊,被您猜着了,"拉夫列茨基突然接过来说,"在这两个星期里面,我知道了什么是女性的纯洁的心灵,因此，我的过去就离我更远了。"

丽莎不好意思起来，慢慢地向着花坛那边的连诺奇卡和舒罗奇卡走去。

"我满意的是，我把这份报纸给您看了。"拉夫列茨基跟在她后面说道，"我已经习惯了什么事都不瞒您，希望您也用同样的信任来回报我。"

"您这样想吗？"丽莎说，停了下来，"要是这样，我就应该……啊，不！这不可能。"

"什么事？说吧，说吧。"

"真的，我觉得，我不应该……可是，"丽莎又说，微笑着向拉夫列茨基转过脸去，"话只说一半，又算什么坦率呢？您知道吗？今天我接到一封信。"

"潘申写的？"

"是，是他……您怎么知道的？"

"他向您求婚？"

"是的。"丽莎说了就严肃地正视着拉夫列茨基。

拉夫列茨基也严肃地望着丽莎。

"好吧，您是怎么答复他的？"他终于说。

"我不知道怎么答复。"丽莎说，把交叠着的双手垂了下来。

"怎么？您不是爱他的吗？"

"是的，我喜欢他，我觉得他是个好人。"

"跟三天前您对我说的一字不改。我要知道的是，您是不是用我们通常称做'爱情'的那种强烈的激情来爱他？"

"要是照您所理解的那样，——并不。"

"您并没有爱上他？"

"没有。难道那是必要的吗？"

"怎么？"

"妈妈喜欢他，"丽莎继续说，"他的心眼好，我对他没有意见。"

"可是，您是在犹豫？"

"是的……也许，您，您的话，是使我犹豫的原因。您还记得您前天说的话吗？然而这是软弱……"

"啊，我的孩子！"拉夫列茨基突然叫道，他的声音颤抖起来，"不要自作聪明，您心里明明不情愿委身于一个您所不爱的人，就不要把这种呼声称做软弱。对于一个您并不爱、然而愿意属于他的那个人，不必承担那么可怕的责任……"

"我只是顺从，我并不承担任何责任。"丽莎说。

"那就听从您的心声吧，只有它会告诉您真话，"拉夫列茨基打断她的话……"什么经验啦，理智啦——一切都是空的！请不要剥夺掉自己在世界上唯一的、最美好的幸福。"

"这话是您说出来的吗，费奥多尔·伊万内奇？您自己是恋爱结婚的——可是您幸福吗？"

拉夫列茨基把双手一拍。

"啊，请别说我的事！您无法理解，一个年轻、没有经验，又是在不正常的环境里教养起来的男孩子，会把爱情看做什么！……是啊，归根结蒂，何必再来出自己的丑呢？我刚才对您说，我不曾有过幸福……不对！我是曾有过幸福的！"

"我认为，费奥多尔·伊万内奇，"丽莎压低声音说（在谈话中每当她不同意对方的意见时，她总是压低声音，同时，她心里还非常激动），"世上的幸福是由不得我们做主的……"

"请相信我，是由我们做主，由我们做主的（他抓住她的双手；丽莎的脸色发白了，她几乎是吃惊地，但又注意地望着他），只要我们不是自己毁掉自己的一生。对于有些人，恋爱结婚也许会不幸，但是对于您却不会，因为您的性格是那么平静，您的心灵是那么纯洁！我恳求您，千万不要没有爱情，而只是出于一种义务感，出于自我牺牲或者什么的去结婚……这就等于没有宗教信仰，等于权衡利害的打算——甚至更坏。相信我——我有权利这样说：我为这种权利付出了昂贵的代价。如果您的上帝……"

这时，拉夫列茨基发觉连诺奇卡和舒罗奇卡正站在丽莎身旁，默默地、惊讶地盯着他。他放开丽莎的手，匆匆地说了一声："请原谅我。"就朝房子那边走出。

"我只请求您一件事，"他又回到丽莎面前，说，"不要马上作出决定，请等一等，把我对您说的话考虑考虑。即使您不相信我的话，即使您决定出于理智的考虑而结婚，——即使这样，您也不要和潘申先生结婚；他不可能做您的丈夫……您会答应我不要匆忙作出决定的，对吗？"

丽莎想回答拉夫列茨基——但是一个字也说不出来，并非因为她决心要"匆忙"作出决定，而是因为她的心跳得太猛烈，一种近似恐惧的感觉使她透不出气来。

30

拉夫列茨基从卡利京家出来的时候,遇到潘申;两人互相冷冷地点了点头。拉夫列茨基回到寓所,把自己关在房间里。他体验到一种从未体验过的心情。不久之前,他不是处于"安宁的麻痹"状态之中吗?不久之前,他不是感到自己,像他所说,"沉到河的最底层了"吗?究竟是什么改变了他的处境呢?是什么使他浮上来,浮上水面的呢?是那最平常的、人人难逃的、然而总是意想不到的事故:"死"么?是的,然而他想得多的,主要不是妻子的死,自己的自由,而是丽莎会给潘申怎样的答复。他觉得,在最近的三天里,他开始用另一种眼光来看丽莎;他记得,他在回家的途中,在宁静的夜晚想起她的时候,曾对自己说过,"如果!……"这个"如果"——在他是指过去,指不可能发生的事情——现在却实现了,尽管并不如他所预料的那样。然而只有他的自由还不够。"她会听她母亲的话,"他想道,"她会嫁给潘申,而且,即使她拒绝了他,对于我还不是一样吗?"他经过镜子面前的时候,看了看自己的脸,不禁耸了耸肩膀。

在这种种的沉思中,白天很快地过去了;黄昏来临了。拉夫列茨基到卡利京家去。他走得很急,可是快到他们家的时候,却放慢了脚步。阶前停着潘申的马车。"好吧,"拉夫列茨基想,"我不要做一个自私的人。"就走了进去。在屋子里,他一个人也没有遇到,客厅里也是静悄悄的;他推开门,看见玛丽亚·德米特里耶夫娜在和潘申玩辟开①。潘申默默地向他点点头,女主人却叫了起来:"真是没想到呀!"随即又微微皱起眉头。拉夫列茨基在她旁边坐下,开始看她的牌。

"您也会玩辟开?"她问他,口气之中隐隐含着愠意,接着就说她出错了牌。

潘申得了九十分,开始彬彬有礼地、不慌不忙地把赢

---

① 旧时一种牌戏。

的牌收拢，脸上带着一副庄重严肃的神气。外交家们就应该这样打牌；想来，他在彼得堡陪某位达官显贵打牌的时候，想让对方对他有一种庄重老练的好印象，就是这样打法的。"一百零一，一百零二，红桃，一百零三。"他的声音很有节奏，拉夫列茨基弄不明白，他的语调里含着什么：是对别人的谴责呢，还是沾沾自喜？

"我可以去看马尔法·季莫费耶夫娜吗？"他问，他看到潘申带着越发庄严的神气要动手洗牌。这时在他身上，连一丝艺术家的影子也不见了。

"我想可以，她在楼上自己的房间里，"玛丽亚·德米特里耶夫娜回答说，"您去问问看。"

拉夫列茨基上楼去了。他看到马尔法·季莫费耶夫娜也在玩牌：她在和纳斯塔西娅·卡尔波夫娜玩"捉傻瓜"①。罗斯卡对他吠叫起来；但是两位老妇人都亲切地招待他，马尔法·季莫费耶夫娜的兴致特别高。

"啊！是费佳！欢迎欢迎，"她说，"坐吧，我亲爱的。我们马上就完。要来点儿果酱吗？舒罗奇卡，去把草莓罐

---

① 一种牌戏，输者为"傻瓜"。

头拿给他。不想吃？那就坐着吧；不过可别抽烟：我受不了你的那股烟味，'水手'闻了也要打喷嚏。"

拉夫列茨基连忙说，他一点儿不想抽烟。

"你到下面去过吗？"老妇人继续说，"那儿都有谁？潘申还待在那儿不肯走吗？看到丽莎没有？没有？她说要到这儿来的……这可不是她来啦；说到她，她就到。"

丽莎走了进来，一看见拉夫列茨基，脸就红了。

"我待一会儿就走，马尔法·季莫费耶夫娜。"她刚要说……

"干吗待一会儿就走？"老妇人说，"你们这些年轻的女娃娃，怎么都坐不住？你看，我来了客人：跟他聊聊，陪陪他。"

丽莎挨着椅子边上坐下，抬起眼睛望了望拉夫列茨基，——她感到：她不能不让他知道她和潘申会面的结果。但是叫她怎么说呢？她觉得又是害羞，又是尴尬。她跟他——这个难得去教堂、对自己妻子的死无动于衷的人——不是才认识不久吗？而她已经要向他倾诉自己的秘密……不错，他关心她，她自己也信任他，而且感到被他吸引住了，但是，她毕竟感到羞愧，就像有一个陌生男人进入了她的纯洁的、处女的闺房。

马尔法·季莫费耶夫娜来替她解了围。

"要是你不陪他,"她说,"还有谁来陪他这个可怜的人呢？要我来陪他吧，他嫌我太老，我又嫌他太聪明；要纳斯塔西娅·卡尔波夫娜来陪他吧，她又嫌他太老；她只要那些小青年。"

"叫我怎么陪费奥多尔·伊万内奇呢？"丽莎说，"要是他愿意听，我还是给他弹弹钢琴吧。"她踌躇地又添了一句。

"那好极啦；你真是个聪明孩子，"马尔法·季莫费耶夫娜说，"去吧，我亲爱的孩子们，下楼去吧；弹完了再上来；瞧，我当上'傻瓜'啦，我生气了，我要扳回来。"

丽莎站起身来。拉夫列茨基跟着她。下楼梯的时候，丽莎停了下来。

"俗话说得一点儿不错，"她开始说，"人心是充满了矛盾。您的例子本该使我害怕，让我不敢相信恋爱结婚，可是我……"

"您拒绝了他？"拉夫列茨基打断了她。

"不，但是我也没有答应他。我把一切都对他说了，把我感到的一切都对他说了,请他等一等。您满意吗?"她很快地笑了一笑,说,便把手轻轻地掠过扶梯栏杆,跑下楼去。

"我给您弹点儿什么呢?"她掀开琴盖,问道。

"随您的便。"拉夫列茨基回答说,在一个能看得见她的位置上坐下来。

丽莎开始弹奏起来,眼睛一直看着自己的手指。最后,她瞥了拉夫列茨基一眼,突然停下来:她觉得他脸上的神情是那么不平常,又是那么异样。

"您怎么啦?"她问。

"没什么,"他说,"我很好,我为您高兴;我高兴看到您,接着弹吧。"

"我觉得,"过了片刻,丽莎说,"他如果真爱我,他就不会写那封信;他应该感觉到,现在我不能答复他。"

"这并不重要,"拉夫列茨基说,"重要的是您并不爱他。"

"别说啦,我们这是谈的什么呀!您死去的妻子的影子仿佛一直在我眼前晃动,我怕您。"

"沃尔德马尔[①],我的丽莎弹得真好,是吗?"就在这

---

① 潘申的名字弗拉基米尔的法语读音。

时候,玛丽亚·德米特里耶夫娜对潘申说。

"是啊,"潘申回答说,"弹得好极啦。"

玛丽亚·德米特里耶夫娜深情地望望她的年轻的对手,但是后者却摆出一副更为神气的、满腹心事的样子,叫出了十四个"老K"。

31

拉夫列茨基已经不是年轻人了，对于丽莎在他心中所激起的究竟是什么样的感情，他不能老装糊涂；就在那一天，他终于确信他是爱上了她。但是这个确信并没有给他带来多少喜悦。"难道，"他想道，"到了三十五岁我还没有别的事可干，还要去把自己的心交到一个女人手里么？但是，丽莎跟那一个可不一样：她不会要求我作出可耻的牺牲；她不会使我离开我的事业；她自己会鼓舞我去从事正直严肃的劳动，我们俩会一同前进,向着美好的目标前进。是啊，"他结束了自己的思考，"这一切都很好，然而糟糕的是，她根本不想跟我走。难怪她要对我说，她觉得我可怕。可是她也不爱潘申……其实，我这也是聊以自慰而已！"

拉夫列茨基回瓦西里耶夫斯科耶村去了；但是他在那

里没有住上四天——他觉得非常寂寞。等待也使他苦恼：茹里先生报道的消息有待证实，可是他什么信件都没有收到。他回到城里，在卡利京家消磨一个夜晚。他不难看出，玛丽亚·德米特里耶夫娜对他起了反感；但是他在玩辟开的时候输了十五个卢布给她，这才稍稍缓和了她的不满。他还有机会几乎是单独地和丽莎过了半个小时，尽管她母亲昨天晚上还劝她不要和一个"出过一件荒唐透顶的事"的人过分亲密。他觉得她变了：她变得好像更爱沉思；她责怪他不该不来，还问他明天去不去祈祷？（第二天是星期日。）

"去吧，"不等他回答，她就先说了，"我们一同去为她的灵魂祈求安息。"后来她又说，她不知道她该怎么办，她不知道，她有没有权利让潘申继续等待她的决定。

"为什么？"拉夫列茨基问。

"因为，"她说，"我现在已经开始怀疑，那将是什么样的决定了。"

她说她头痛，迟疑地把手指尖伸给拉夫列茨基，就上楼回自己的房间里去了。

第二天，拉夫列茨基去教堂祈祷。他到的时候，丽莎已经在教堂里。她注意到他,但是没有向他回过头来。她在专诚地祈祷:她的眼睛发出静静的光辉,她的头静静地低下又静静地抬起。他感到,她也在为他祈祷——一种奇妙的感动的心情便充满了他的心灵。他感到既是愉快又有些惭愧。肃立着的人们,一张张亲切的脸,和谐的歌声,缭绕的香烟,从窗上斜射下来一道道长长的光束,墙壁和拱顶的幽暗——这一切都使他的心灵深受感动。他有很久没有进教堂,也有很久没有向上帝倾诉了:即使现在,他也没有说出一句祈祷的话来——甚至没有默祷,——然而,有一瞬间,他如果不是在形体上,至少是在整个心灵里虔诚恭顺地俯伏在地上膜拜了。他回忆起来,在他小的时候,每次在教堂里他总要不住地祷告,直到他觉得,似乎有人在他额上抚摩了一下,使他感到一阵凉意;当时他就想道,这是我的保护天使接受了我,在我身上做了选民的记号。他看了看丽莎……"你把我带到这儿,"他心里想,"你也抚摩我,抚摩我的心灵吧。"她仍然在那样静静地祈祷;他觉得,她的脸充满了喜悦,于是他又一次受了感动。他为另外一个灵魂祈求安宁,而为他自己,则祈求着宽恕……

他们在教堂门前的台阶上相遇;她态度亲切、愉快而又端庄地招呼他。阳光灿然,照着教堂庭院的嫩草,照着妇女们的花衣服和花头巾;附近各教堂的钟声在高空齐鸣;麻雀在篱边啁啾。拉夫列茨基没有戴帽子,站在那里微笑着;微风吹拂着他的头发和丽莎的帽子上丝带的末梢。他搀扶丽莎以及和她同来的连诺奇卡上了马车,把身上的钱都给了乞丐,就缓步走回家去。

32

费奥多尔·伊万内奇的日子变得难过起来。他好像一直在发冷热病。他每天早上去邮局,心急火燎地拆开信件和杂志——可是,在那里面找不到片言只语可以证实或是推翻那和他命运攸关的传闻。有时,他自己都觉得自己可憎起来:"我这是怎么啦,"他想,"我像乌鸦等待喝血似的等待妻子确实的死讯!"他每天到卡利京家去,但是在那里他也并不好过:女主人公然对他板起面孔,赏脸似的接待他;潘申对他客气得有些过分;莱姆摆出一副厌世者的神气,勉强对他点点头,——而主要的是,丽莎似乎在躲着他。即使有时她有机会和他单独相处,她却表现出惶惑不安,代替了以前的推心置腹,她不知道对他说什么好,他自己也感到窘迫。短短的几天工夫,丽莎就完全变了,变得和他所认识的她判若两人了：在她的举止、声调，乃至笑声中，都流露出内心的不安和前所未有的情绪的波动。玛丽亚·德米特里耶夫娜是一个真正的利己主义者，对此毫无觉察；但是马尔法·季莫费耶夫娜却开始留心她的宝贝来。拉夫列茨基不止一次责备自己，不该把那份杂志给丽莎看：他不得不承认，他的精神状态一定有什么使她那纯洁的感情感到可憎的东西。他又认为，丽莎的变化是由于她的内心斗争，由于她的疑虑：不知道应该怎样答复潘申。有一次，她把她自己向他借的一本瓦尔特·司各特①的小说归还给他。

"这本书您看了吗？"他说。

"没有；我现在没有心情看书。"她回答了就打算走开。

"请等一下。我们很久没有单独在一起了。您好像怕我似的。"

"是的。"

"那是为什么呢？请说吧。"

"我不知道。"

---

① 瓦尔特·司各特（1771—1832），英国历史小说家，诗人。

拉夫列茨基沉默了。

"请告诉我,"他开始说,"您还没有作出决定吗?"

"您指的是什么?"她眼皮也不抬地说。

"您明白我的意思……"

丽莎突然涨红了脸。

"请什么也别问我,"她很快地说,"我什么都不知道,我连我自己也不知道……"

她说了,马上就走掉了。

第二天午饭后,拉夫列茨基到卡利京家去,看到他们在为晚祷法事做种种准备①。饭厅角落里一张铺着洁白桌布的方桌上,已经靠墙放好几个衣饰镶金的不大的圣像,圣像头上的光环上嵌着光泽黯淡的小钻石。一个穿灰色礼服和皮鞋的老仆,鞋跟没有发出声响,不慌不忙地走过饭厅,把插着两支蜡烛的细烛台放到圣像面前,画过十字,行过礼,就轻轻地走了出去。没有点灯的客厅里空无一人。拉夫列茨基到饭厅里去问,是不是谁的命名日。人们低声回答说,不是命名日,是按照丽莎维塔·米哈伊洛夫娜和马尔法·季

---

① 按东正教的习惯,普通的法事也可以在家庭里举行。

莫费耶夫娜的意思，做一次晚祷；本来打算去请一个行奇迹的神像，却被三十俄里以外的一个病家请去了。不多一会儿，神父带着执事们来了，神父年纪已经不轻，头秃得厉害，他在前厅里大声咳嗽了一声；太太小姐们立刻鱼贯从书房里走出来，到他面前受他祝福；拉夫列茨基默默地向她们行礼；她们也默默地向他还礼。神父站立了一会儿，又咳嗽了一声，便用他那男低音小声问道：

"可以开始了吗？"

"请开始吧，神父。"玛丽亚·德米特里耶夫娜说。

神父穿上法衣，一个穿祭服的助祭低声下气地要了一小块炭火，香烟就开始缭绕起来。婢女们和男仆们从前厅走出来，在门口挤做一堆。从来不下楼的小狗罗斯卡突然跑到餐厅里：大家都来赶它走——它害怕了，转来转去，就索性坐了下来。一个男仆捉住了它，把它送出去。晚祷开始了。拉夫列茨基缩到角落里；他的感受是奇异的，近乎是忧伤的；他自己也分辨不清，他的感受究竟是什么。玛丽亚·德米特里耶夫娜站在最前面，身后放着一排圈椅；她懒懒地、随随便便地画着十字，一副贵妇人的派头——时而回头张望，时而忽然抬眼朝上看：她感到厌烦。马尔法·季莫费耶夫娜似乎心事重重；纳斯塔西娅·卡尔波夫娜跪下又站起来，衣服发出轻微的、柔和的声音；丽莎立定之后，就一直动也不动地站在那里，从她脸上专注的神情可以看出，她是在聚精会神地、热情地祈祷。晚祷完毕后，她恭恭敬敬地吻了十字架，也吻了神父的通红的大手。玛丽亚·德米特里耶夫娜请神父喝茶；他脱了法衣，带着几分世俗之人的样子，随同太太小姐们走进客厅。开始了并不十分活跃的谈话。神父喝了四杯茶，不断用手帕擦他的秃头，他顺便讲起，商人阿沃什尼科夫捐了七百卢布为教堂的穹顶装金，还讲了一个治雀斑的验方。拉夫列茨基想坐到丽莎旁边，但是她的神态严肃，近乎凛然不可侵犯，一次也没有看他。她似乎是故意不去注意他，她心里忽然充满了一种冷冷的、庄严的兴奋。拉夫列茨基不知怎的总想微笑，想说点儿什么逗趣的话，可是心里却觉得不好意思，他终于走了，心里暗自纳闷……他感到，丽莎有什么心事是他看不透的。

有一次，拉夫列茨基坐在客厅听着格杰奥诺夫斯基在讨好地、然而令人难受地高谈阔论，他自己也不知道是为什么，突然回过头来，正好遇上丽莎的深沉、专注、询问似的目光……这谜样的目光正望着他。后来,整个晚上拉夫列茨基都在想着这目光。他的恋爱不像一个男孩的恋爱;长吁短叹,烦恼苦闷和他都不相称,而丽莎本人在他心里激起的也不是那样的感情。但是,对各种年龄的人,爱情会有它各种的痛苦,——于是拉夫列茨基也就充分尝到这些痛苦的滋味了。

33

有一天，拉夫列茨基像平时一样坐在卡利京家里。在苦热的白天之后，是一个那么美丽的夜晚，虽然玛丽亚·德米特里耶夫娜一向讨厌穿堂风，竟然吩咐把通向花园的门窗统统打开，还说她不想玩牌了，因为在这样美好的天气玩牌简直是罪过，应该充分欣赏大自然的美景才是。只有潘申一个人是客。美丽的夜色激起他的情绪，他虽不愿意在拉夫列茨基面前唱歌，但是他感到一阵艺术感受的冲动，于是就朗诵起来：他朗诵了几首莱蒙托夫的诗（当时普希金还没有再度风行起来），他朗诵得很好，只是过分矫揉造作，加了些没有必要的细腻的感情。突然，他仿佛对自己的感情流露感到羞愧似的，就以著名的《沉思》①借题发挥，大肆攻击新一代的青年，而且趁此机会地声称，如果有朝一日他大权在握，他一定要按照自己的意思把一切都扭转过来。"俄国，"他说，"落后于欧洲；须要赶上去。人们硬说，我们还年轻，——这是胡说；而且，我们没有发明创造。霍米亚科夫②自己也承认，我们连捕鼠机都发明不出来。所以说，我们只好去借用别人的创造发明。'我们有病。'莱托蒙夫说，我同意他的说法；但是，我们所以有病，是因为我们只是变成了半个欧洲人；我们的毛病的症结在哪里，就应该对症下药来医治，（'调查资料。'拉夫列茨基想道。）我们的，"他继续说，"有识之士——les meilleures têtes——对这一点早已确信不疑了；其实，所有的民族本质上都是一样的，只要引进良好的设施——这就行了。看来，是可以把当前人民的生活作出妥善安排的，这是我们的事，是我们……（他差一点儿要脱

---

① 《沉思》是莱蒙托夫最重要的诗作之一，作于一八三八年，诗的开头是：
　　我在悲伤地注视着我们这一代人！
　　我们的未来——不是黑暗便是空虚，
　　同时，我们在认识与怀疑的重压下
　　将会一事无成而一天天衰老下去。
② 霍米亚科夫（1804—1860），俄国宗教哲学家，政论家，斯拉夫主义奠基人。

口说出：'政治家'）公务人员的事；但是，在必需的情况下，请不必担心：那些设施就能改造这种生活。"玛丽亚·德米特里耶夫娜听了大为赞赏，连声称是。她心里想，"瞧，一个多么聪明的人在我家讲话。"丽莎靠着窗，一言不发；拉夫列茨基也沉默着；马尔法·季莫费耶夫娜和她的朋友在角落里玩牌，嘴里嘟囔着。潘申在客厅里来回踱着，说得很动听，然而却含有隐隐的恶意；似乎他责骂的并不是整整的一代，而是他所认识的某几个人。卡利京家花园里茂密的丁香丛中栖息着一只夜莺，在那滔滔雄辩的间歇中间，可以听到它在夜晚最初的歌声；在菩提树的凝然不动的树冠上，初现的星星在玫瑰色天空中闪烁着。拉夫列茨基站了起来，开始反驳潘申，一场舌战开始了。拉夫列茨基维护俄国的青年一代和俄罗斯的独立性。他情愿牺牲自己，牺牲自己的一代而去保护新人，保护他们的信念和愿望。潘申激愤地、尖锐地反驳他，声称有识之士应该改造一切，最后，他竟忘了自己侍从官的身份和远大的前程，狂妄地称拉夫列茨基是一个落后的保守主义者，甚至暗示——当然是转弯抹角地——拉夫列茨基的社会地位是虚假的。拉夫列茨基没有生气，也没有提高嗓门（他记得，米哈列维奇也曾称他是落后的——不过是落后的伏尔泰信徒),——只是沉着地把潘申的论点逐一击破。他向潘申证明,如果不真正地了解祖国,没有对理想(哪怕是消极的理想)的真正信仰,那么,跃进和目空一切的改造是不可能的;他以亲身所受的教育为例,要求首先要承认人民当中有真理,对这真理,必须抱有虚怀若谷的态度,如果没有这种虚心的态度,即使有反对虚伪的勇气也不成;最后,对于潘申说他是无谓地浪费了时间和精力的说法,他并没有拒不接受,他认为这种指责是他应得的。

"这一切都非常好!"非常愤慨的潘申终于叫道,"现在,您回到了俄国,——您打算干什么呢?"

"种地,"拉夫列茨基回答说,"尽量把土地耕种得好些。"

"毫无疑义,这是非常值得称赞的,"潘申说,"我听说,您在那方面已经成绩斐然;但是您得承认,不是每一个人都能够干这种事的……"

"诗人的气质,"玛丽亚·德米特里耶夫娜说,"当然不会种地……而且,弗拉基米尔·尼古拉伊奇,您是生来干大事业的。"

甚至在潘申听来,这也是溢美之词:他觉得难以措辞——于是谈话中断了。他打算把谈话转到星空的美，转到舒伯特的音乐——可是一切似乎都没有劲，最后，他提议和玛丽亚·德米特里耶夫娜玩辟开。"怎么？在这样的夜晚？"她无力地反对；不过还是吩咐拿牌来。

潘申窸窣作声地拆开一副新牌，丽莎和拉夫列茨基好像约好似的，一同站了起来，走到马尔法·季莫费耶夫娜的身边。他们两人忽然都觉得是那么愉快，他们甚至有些害怕单独留在一块儿——同时，他们俩都觉得，最近几天来他们感到的不安已经消失，不会再回来了。老妇人偷偷地拍了拍拉夫列茨基的面颊，调皮地眯缝了眼，几次摇着头，低声说："多谢你给了那个聪明人一顿痛骂。"客厅里静悄悄的，只听见蜡烛轻微的爆裂声，有时，还有人拍桌子的声音，一声惊叫或是打牌计分的声音。这时，清脆的、有力的、近乎粗鲁的夜莺的歌声，就随着带有露水的凉意，像巨浪似的涌进窗口。

34

在拉夫列茨基和潘申辩论的时候,丽莎一言不发,但是她在注意地听,而且完全站在拉夫列茨基一边。她对政治一向不大感兴趣;但是这位世俗官吏的不可一世的口吻(他从来还没有这样把自己的观点暴露无遗)使她反感;他对俄国的蔑视伤害了她的感情。丽莎从未想到过自己是个爱国者,但是她的心是和俄国人民息息相通的;她喜欢俄国人的聪明智慧。每逢她母亲庄园的村长进城的时候,她总要无拘无束地和他谈上几个钟头;她和他谈话就像对和她平等的人一样,丝毫没有主人的架子。这一切,拉夫列茨基都感觉到了:本来,他是不会来反驳潘申的,他说这些完全是为了丽莎。他们相互之间什么都没有说,甚至他们的目光也很少接触;然而,他们两人都明白,在这个晚上他们非常接近起来了。他们明白,他们的爱憎是相同的。只有在一点上他们有着分歧;但是丽莎暗中希望能使他归依上帝。他们坐在马尔法·季莫费耶夫娜的身旁,看上去,他们似乎在看她玩牌,事实上他们的确是在看着她——然而,他们两人都是心潮澎湃,他们对一切都能感受到:夜莺在为他们歌唱,星星为他们闪烁,树木受着蒙眬的睡意、夏天的爱抚和温暖的催眠,为他们窃窃私语。拉夫列茨基整个沉浸在使他陶醉的波涛中——他心中充满喜悦;然而,那少女的纯洁心灵的感受,却不是言语所能表达的;这对她自己是一个秘密;就让它对所有的人,也永远是一个秘密吧。在大地的怀抱里,一颗种子是怎样发芽、开花、灌浆和成熟,——是没有人知道,没有人看见过,也永远不会看到的。

十点钟敲过了。马尔法·季莫费耶夫娜和纳斯塔西娅·卡尔波夫娜回到楼上自己的房间里去了。拉夫列茨基和丽莎穿过客厅,在通向花园的、打开的门口站住,瞥了一下黑暗的远方,然后相视而笑;他们似乎想手拉着手,畅谈个痛快。他们回到玛丽亚·德米特里耶夫娜和潘申那里,牌局还没有完。最后一张"老K"终于打出来了,女主人唉声叹气地从垫着靠垫的圈椅上站起来。潘申拿起帽子，吻了吻玛丽亚·德米特里耶夫娜的手，说，现在那些有福之人可以不受任何干扰地安然入睡或者欣赏夜景，而他却要通宵达旦地埋头去看那些愚蠢的公文；然后，冷冷地向丽莎一鞠躬（他没有料到，对他的求婚她竟会请他等待，——因此对她大为恼怒），就离去了。拉夫列茨基跟着他出去。他们在大门口分手。潘申用手杖戳了戳他的车夫的颈脖，把他叫醒，就上了车扬长而去。拉夫列茨基不想回家：他走出城，到了田野里。夜是静谧而明亮的，虽然没有月亮；拉夫列茨基在露水沾湿的草地上久久地徘徊，他无意之中看到一条小径，就沿着小径走去。小径通到一道长围墙上的一扇小门。他自己也不知为什么，试试去推了一下：小门发出一声微弱的吱呀声，开了，好像在等着他的手去触碰。拉夫列茨基发现自己来到了一座花园里，他顺着菩提树的林阴道走了几步，突然惊讶地站住了：他认出这是卡利京家的花园。

他立刻走进一丛茂密的胡桃树投下的暗影里，好半天一动不动地站在那里，心里直觉得奇怪，耸着肩膀。

"这决不是没有缘故的。"他想道。

四周的一切都是寂静的；屋子那边也没有一点儿声息传来。他小心翼翼地向前走。到了林阴道的转弯处，整座房子的黑魆魆的正面就突然出现在他面前，只有楼上的两扇窗上还有朦胧的亮光：丽莎房间里白色的窗帘后面，点着蜡烛；马尔法·季莫费耶夫娜的寝室里圣像前的长明灯放出微弱的红光，均匀地照着神像的镶金衣饰；楼下通阳台的门大敞着，似乎在张开大嘴打哈欠。拉夫列茨基在一条木凳上坐下，用手支着身子，开始望着那扇门和丽莎的窗子。城里的钟声报告已是半夜，屋里的小钟也轻轻地敲了十二下。更夫急促地敲着更板。拉夫列茨基什么也没有想，什么也不期待，他心里很愉快，因为他感到自己就在丽莎的近旁，坐在她的花园里她曾坐过不止一次的凳子上……丽莎房间里的烛光突然消失了。

　　"晚安，我亲爱的姑娘。"拉夫列茨基低语说，他继续一动不动地坐着，眼睛盯着已经黑暗的窗。

　　忽然，亮光在楼下的一扇窗上出现了，接着移到第二扇，第三扇上……有人拿着蜡烛穿过一个个房间。"难道是丽莎？这不可能！……"拉夫列茨基抬起身来……闪过了一个熟悉的面容，接着，丽莎在客厅里出现了。她穿着一袭白衣，松开的发辫披在肩上，她悄悄地走到桌前，把蜡烛放在桌上，弯下身子寻找什么；后来，她转过脸来朝着花园，走近那扇打开的门，全身皎白，轻盈，修长的她，在门口站住了。一阵战栗传遍了拉夫列茨基的肢体。

"丽莎！"从他嘴唇上冲出一声几乎听不清的呼喊。

她颤抖了一下，开始朝黑暗中凝望。

"丽莎！"拉夫列茨基稍稍提高声音又叫了一声，便从林阴道的阴影中走了出来。

丽莎愕然地探出了头，又缩了回去：她认出了他。他第三次叫了她的名字，向她伸出手去。她离开门边，来到花园里。

"是您？"她说，"是您在这里？"

"是我……是我……请听我说。"拉夫列茨基低语说，便拉着她的手，领她走到长凳前。

她乖乖地跟着他；她的苍白的脸，她的凝视的目光，她的全部动作，无不流露出无法表达的惊惶。拉夫列茨基让她坐在长凳上，自己站在她面前。

"我并没有想来这儿，"他说，"引我来的……我……我……我爱您。"他怀着不由自主的恐怖说。

丽莎缓慢地看了他一眼；似乎，直到此刻她才明白，她是在什么地方，发生了什么事。她想站起来，然而却不能，便用双手捂住了脸。

"丽莎，"拉夫列茨基说，"丽莎。"他又叫了一声，就俯伏在她的脚前……

她的肩膀开始轻微地颤抖，苍白的手指把脸捂得更紧。

"您怎么啦？"拉夫列茨基说，听到了低低的抽泣，他的心揪住了……他明白，这眼泪意味着什么。"难道您也爱我？"他低声说，用手触摸了她的膝头。

"请站起来，"可以听出她的声音，"站起来，费奥多尔·伊万内奇。我们这是在做什么呀？"

他站起来，挨着她在长凳上坐下。她已经不哭了，只是用湿润的眼睛凝视着他。

"我害怕；我们这是在做什么呀？"她又说了一遍。

"我爱您，"他又说，"我准备把我的整个生命交给您。"

她又颤抖了一下，好像被什么东西蜇了，接着便抬起眼来仰望着长空。

"这一切都由上帝支配。"她说。

"但是您爱我吗，丽莎？我们会幸福吗？"

她垂下眼睛；他轻轻地把她拉到自己怀里，她的头就伏在他的肩上……他把头微向后仰，触到了她的苍白的嘴唇。

* * *

半小时后，拉夫列茨基已经站在花园的小门前。他发现门下了锁，只得跳墙出去。他回到市内，在沉睡的街道上走过。一种突如其来的、巨大的喜悦充溢了他的心灵；他心中的一切疑虑都停止了。"消逝吧，已经过去的事，阴暗的幽灵，"他想道，"她爱我，她将是我的。"突然，他觉得在他头顶的上空，似乎飘扬着美妙的、庄严的音响；他停住脚步，乐音更为庄严地响起来；它宛如一股悦耳的、强大的激流，汹涌澎湃——这音响似乎在诉说和歌唱着他的全部的幸福。他回头一看：乐音是来自一座小楼上的两扇窗户。

"莱姆！"拉夫列茨基叫了一声，就向那座小屋跑去，"莱姆！莱姆！"他又大声叫道。

乐音停止了，一个穿着寝衣、敞着胸、头发蓬乱的老人的身形在窗口出现。

"啊！"他庄严地说，"是您？"

"赫里斯托福尔·费奥多雷奇，多么美妙的音乐啊！看在上帝的分上，让我进去吧。"

老人一言不发，庄严地一扬手，把门上的钥匙从窗口扔到街心。拉夫列茨基迅速地跑上来，进了房间，正要跑上去拥抱莱姆，可是老人却命令式地指着一把椅子让他坐下，用俄语断断续续地说："坐下听吧。"他自己则坐到钢琴前面，高傲而严厉地环顾了一下，就弹奏起来。拉夫列茨基很久没有听过这样的音乐了：那甜美的、热情的旋律，从第一个音响起就抓住了他的心。它似乎光芒四射，洋溢着灵感、幸福和美，它增长着又消逝着。它触及了世上一切宝贵的、神秘的和圣洁的事物。它流露出永恒的忧伤，然后在天际消逝。拉夫列茨基挺直身子，兴奋得身上发冷，面色发白。这些声音沁入他的刚被爱情的幸福所震撼的心灵，这些声音本身就燃烧着爱情。"再弹一次吧。"刚奏完最后的和音，他就低声说。老人向他投来锐利有如鹰隼的一瞥，用手捶了胸膛，用他的本国语言不慌不忙地说："这是我写的，因为我是一位伟大的音乐家。"于是重又弹奏起他那奇妙的作品。室内没有烛光，初升的月亮斜照在窗上，敏感的空气似乎在和鸣；简陋的斗室仿佛是一座圣殿，在朦胧的银辉中，老人的头充满灵感地、高高地昂起。拉夫列茨基走近他，拥抱了他。起初，莱姆没有回答他的拥抱，甚至用臂肘推开他，他久久四肢一动不动地坐着，仍旧那么严厉地、近乎粗暴地望着，只是哼了两次："啊哈！"最后他那变了容的脸平静了，舒展了，作为回答拉夫列茨基的热烈祝贺，先露出了微笑，接着就哭了起来，像小孩那样轻轻地抽泣着。

"您正巧此刻来，真是太妙了；"他说，"不过我知道，我全都知道。"

"您全都知道？"拉夫列茨基窘迫地说。

"您听了我的音乐，"莱姆说，"难道您还不明白，我全都知道了？"

拉夫列茨基一直到早上都不能入睡；他整宵坐在床上。丽莎也没有睡：她在祈祷。

35

读者已经知道，拉夫列茨基是怎样成长和发展的；关于丽莎的教育，我们也来说上几句。她父亲去世的时候，她已经满十岁了；但是父亲平时很少照管她。他事务繁忙，孜孜不倦地致力于增加财富。他容易发怒，态度生硬，性情暴躁，对于花钱延请教师和家庭教师，给孩子们买衣着和其他必需品等等，他都毫不吝啬，可是照他的说法，要他"去哄一群唧唧喳喳的小家伙"，那他可受不了，——而且，他也没有工夫去哄他们：他忙于工作，忙于事务，睡眠很少，偶尔玩玩牌，就又去工作；他把自己比做一匹套在打谷机上的马。"我的一生一晃就过去了。"他临终时在病榻上说，焦干的嘴唇上露出一丝苦笑。事实上，和丈夫比起来，玛丽亚·德米特里耶夫娜对丽莎的关心也多不了多少，虽然她对拉夫列茨基夸口说，是她独力承担了孩子们的教育：她只是把丽莎打扮得像个洋娃娃，当着客人的面抚摩她的小脑袋，叫她聪明孩子，叫她心肝宝贝，——不过如此而已：任何经常的操心都会使这位懒惰的太太感到厌烦。父亲在世的时候，丽莎由一位从巴黎来的家庭女教师莫罗小姐照料，父亲死后，就由马尔法·季莫费耶夫娜照管她。马尔法·季莫费耶夫娜是读者已经认识的。莫罗小姐是一个满脸皱纹的小妇人，举动像小鸟，智力也像小鸟。年轻时她过的是十分悠闲的生活，如今到了老年，她只保留下两样嗜好——好吃和好赌。当她吃饱喝足，既不玩牌，又不闲聊的时候，她脸上马上就露出一种近乎是死人的表情：她常常坐在那儿，望着，呼吸着，一望而知，她的头脑里什么也不想。甚至不能说她善良；人们总不会说鸟儿是善良的吧。不知是由于她轻率地度过的青年时代呢，还是由于她自幼就呼吸的巴黎的空气，——她的头脑里满堆着一种类似普遍的、廉价的怀疑主义，这通常是用"这统统是莫名其妙"表现出来的。她说的法语虽不标准，但却是地道的巴黎土话；她不搬弄是非，也不由着性子胡来——对一个女家庭教师，还能有什么更多的希求呢？她对丽莎的影响很少；对丽莎有着更为有力影响的，倒是她的保姆阿加菲娅·弗拉西耶夫娜。

这个女人的身世是与众不同的。她出身于一个农民的家庭；十六岁上就嫁给一个农民；但是在农家的小姊妹中，她是佼佼者。她父亲当了二十年的村长，攒了好多钱，把她娇生惯养。她是一个罕见的美人儿，她衣着讲究，在全区无人可比，她聪明，能说会道，有胆量。她的主人德米特里·佩斯托夫，玛丽亚·德米特里耶夫娜的父亲，为人谦虚平和，有一次在打谷场上见到她，和她谈了一会儿，就热烈地爱上了她。她过不多久就成了寡妇；佩斯托夫虽然是一个有了妻室的人，却把她接到家里，让她和家里人一样打扮。阿加菲娅马上就习惯了自己新的处境，好像她从未有过另样的生活。渐渐地她出落得更为白净，更为丰满了，她的在细纱衣袖里的手臂变得跟商人妻子的手臂一样"雪白粉嫩"；她的桌上终日摆着茶炊；除了丝绸和天鹅绒，她什么都不愿意穿，床上铺盖的是羽绒被褥。这样享福的日子过了五年，德米特里·佩斯托夫就与世长辞了；他的遗孀是一位心地善良的太太，念在死者的分上，不愿意过分亏待自己的情敌，况且阿加菲娅从来没有在她面前放肆过；话虽如此，她还是把阿加菲娅嫁给了一个饲养牲口的农民，打发她离开了眼前。三年过去了。有一次，在一个酷暑的日子，主妇来到自家的牧场。阿加菲娅用那么美味的冷奶油款待了她，态度是那么谦顺，自己又是那么整洁、快活，对一切都是那么满足，使主妇不禁宣称宽恕了她，让她回到主人的宅子里去；六个月后，主妇凡事都离不开她了，把她升为女管家，全部家务事都交托给她。阿加菲娅又有了权，得到主妇的绝对信任，她又变得白嫩丰满起来，这样又过了五年光景。厄运再次临到了阿加菲娅的头上。她的丈夫——她已经让他当上了男仆——竟喝起酒来，常常不回家，终于偷了主人的六把银汤匙，藏在妻子的箱子里，想等有机会再拿出去。不料事情被发现了，他又被打发回去饲养牲口，阿加菲娅也失去了主人的宠爱；她虽没有被从宅子里赶出去，但是从女管家降为女裁缝，命令她头上不准戴帽子，只能包头巾。使大伙惊讶的是，阿加菲娅竟毫无怨尤地承受了这对她不啻晴天霹雳的打击。那时她已经三十岁，她的孩子都死了，丈夫也没有活多久。是该她醒悟的时候了，她也真的醒悟了。她变得非常沉默，非常虔诚，从不漏过一次晨祷或午祷，把自己全部的好衣服都分赠给别人。她平静地、谦虚地、稳重地过了十五年,从不跟人争吵,对任何人都忍让。要是有人对她出言不逊——她也只是对他行礼,感谢对她的教训。主妇早已宽恕了她,重又对她恩宠有加,还从自己头上脱下包发帽来赠给她;但是她自己不愿意取下自己的包头巾,总是穿着深色衣服;主妇去世后,她变得更加沉默,更加谦虚了。要使一个俄国人畏惧或是得到他的爱是容易的,但是要获得他的尊敬却很困难。尊敬不是一朝一夕能够得到,而且也不是给随便什么人的。可是家里的人个个都非常尊敬阿加菲娅;没有一个人再提起她以往的过错,好像这些事都随着老主人给埋进了坟墓。

卡利京和玛丽亚·德米特里耶夫娜结婚之后,曾想把家务事交给阿加菲娅管理;但是她拒绝了,说是"怕受诱惑";他呵斥她,她只是深深地鞠了一躬,就走了出去。聪明的卡利京是善于识人的,他既理解阿加菲娅,也没有把她忘掉。搬到城市里之后,他征得她的同意,请她做丽莎的保姆,那时丽莎才四岁多。

起初,丽莎害怕新保姆的不苟言笑的、严厉的面容;可是很快就习惯了她,并且深深地爱上了她。丽莎自己就是个严肃的孩子；她的面貌长得像卡利京，轮廓分明，五官端正，只是她的眼睛却不像父亲，它们闪耀着静静的对人的关切和善良，这在孩子身上是罕见的。她不爱玩布娃娃，从不长时间地高声大笑，举止稳重。她并不常常沉思，可是如果沉思起来，总不会是无缘无故的；她沉默一会儿之后，就会向比她年长的人提出一个问题，这说明她的头脑里是在思考新的印象。很快，她说话就不再像孩子们那样口齿不清，到了三岁多的时候说话就十分清楚了。她怕父亲，对母亲的感情却很难说，——她既不怕她，也不跟她亲热，不过，她对阿加菲娅也不亲热，虽然她只爱她一个人。阿加菲娅总和她在一起。她们俩在一块儿的时候，看起来很是奇特。阿加菲娅总是穿一身黑衣服，头上包着深色头巾，面庞虽然瘦削，像蜡一般透明，却仍然美丽而且富于表情，她坐得笔直地在织袜子，脚边的小椅子上坐着丽莎，也在忙着干什么，或是庄严地抬起明亮的小眼睛，听阿加菲娅给她讲故事。阿加菲娅并不给她讲童话故事：她用平静的、快慢合度的声音讲述圣母的传记，苦行者、圣徒和女殉道者的行传；她向丽莎讲述，那些圣者怎样生活在沙漠里，忍饥受苦，以求灵魂得到拯救——他们怎样不畏帝王，信奉基督；天上的飞鸟给他们送来食物，地上的走兽也听从他们；在他们的血滴下的地方，怎样长出鲜花。"是桂竹香么？"有一次丽莎问，她是非常爱花的……阿加菲娅对丽莎讲述的时候态度庄严而谦逊，好像她自己感到，她是不配来说出这样崇高神圣的话似的。丽莎听她讲着——于是，无所不在、无所不知的上帝的形象，便以一种甜美的力量进入她的心灵，使她的心灵充满了纯洁虔诚的敬畏，基督对她就成为亲近的，熟悉的，几乎像亲人一般了。阿加菲娅还教会她祈祷。有时，天蒙蒙亮她就把丽莎唤醒，匆忙地给她穿好衣服，偷偷地带她去做晨祷；丽莎屏住呼吸，蹑手蹑脚地跟着她；拂晓的寒气和蒙蒙的曙光，教堂里的清新空气和空寂无人，这突然外出的本身的神秘，悄悄地回到家里再钻进被窝，——这些被禁止的、奇特的、神圣的举动混在一起，震撼了小女孩，并且深深进入她的心灵深处。阿加菲娅从不责备任何人，也没有因为丽莎淘气而责骂过她。当她对什么不满的时候，只是沉默着；丽莎是懂得这种沉默的；遇到阿加菲娅对别人不满的时候——不管是对玛丽亚·德米特里耶夫娜，还是对卡利京本人，——她以小孩特有的敏感，也很能懂得。阿加菲娅照管了丽莎三年多一点儿；后来就由莫罗小姐代替了她；但是这个态度生硬、老是叫着"这统统是莫名其妙"的、轻浮的法国女人，并不能从丽莎心里把她亲爱的保姆挤走。播下的种子，根扎得太深了。况且，阿加菲娅虽然不再照料丽莎，她还留在宅子里，常常能见到她带领过的孩子，而丽莎也像以前一样地信任她。

可是，自从马尔法·季莫费耶夫娜住到卡利京家之后，阿加菲娅和她的关系却处不好。这位急躁、任性的老妇人不喜欢过去"穿格子粗布裙子的娘儿们①"那副严肃傲慢的派头。阿加菲娅请求出去朝圣，一去就没有回来。人们私下传说，似乎她进了一座分裂教派的隐修院。然而，她在丽莎心头留下的痕印却是不可磨灭的。丽莎照旧去做午祷，觉得好像是过节日一般，她怀着无限的喜悦，以一种克制着的、羞怯的激情做着祈祷，这使玛丽亚·德米特里耶夫娜暗暗地大为惊讶；马尔法·季莫费耶夫娜尽管对丽莎一向不加管束，连她也设法让丽莎克制她的热情，不许她做太多的跪拜：她说，这不合贵族的风范。丽莎学习很好，

---

① 指下等人。

就是说，勤奋用功；上帝没有赋予她特殊出色的才能和巨大的智慧，她的成绩无一不是经过刻苦用功得来的。她钢琴弹得很出色，但是只有莱姆知道，她是下了多少苦功。她读书不多；她没有"自己的语言"，然而她却有自己的思想，她走着她自己的道路。难怪人们说她像父亲；他也是不去问别人他应该怎么做。她就这样成长起来——平静地、从容地，长到十九岁。她很美，然而自己却不知道。她的一举一动之间，全都流露出一种自然而然的、略带羞怯的娴雅，她的声音发出纯真的、青春的、银铃般的响声；最小的愉快之感会使她的唇上露出迷人的微笑，给她的明眸增添深邃的光芒和一种隐隐的柔情。她整个身心都渗透着责任感，她唯恐伤害别人的感情，她有一颗善良的、温顺的心，她爱所有的人，但不特别爱某一个；她唯独热情地、胆怯地、温柔地爱着上帝。拉夫列茨基是扰乱她的平静的内心生活的第一个人。

这样的，就是丽莎。

36

第二天十二点钟光景,拉夫列茨基上卡利京家去。他在路上遇到潘申骑马从他身边疾驰而过,帽子压到眉毛上。到了卡利京家,拉夫列茨基没有被接待——自从他认识她们以来,这还是头一回。据仆人禀告说,玛丽亚·德米特里耶夫娜"在休息","她老人家"头痛。马尔法·季莫费耶夫娜和丽莎维塔·米哈伊洛夫娜都不在家。拉夫列茨基在花园附近走了一会儿,朦胧地希望能遇上丽莎,却一个人也没有遇见。隔了两小时他又回来,听到的还是同样的答复,而且那个仆人似乎还侧目瞅了他一眼。拉夫列茨基觉得,在同一天里再作第三次拜访似乎有失体统,于是决定回瓦西里耶夫斯科耶村去,那边本来就有事情要处理。一路上,他设想了种种的计划,一个比一个更美好；但是到了姑姑的小村里，他却突然感到忧伤起来；他去找安东聊天；可是那老头儿好像故意似的，脑子里净是些不愉快的回忆。他告诉拉夫列茨基，格拉菲拉·彼得罗夫娜在临终时怎样咬了自己的手；他沉默了片刻。又叹了一口气说："我的好少爷，每个人都是命中注定要折磨自己的。"拉夫列茨基返回市里的时候，天色已经晚了。昨晚的乐音似乎仍然在他耳边萦绕，丽莎的温顺的形象又清晰地在他心头升起。他一想到她爱他，心中不禁充满了柔情，——他就怀着这种平静幸福的心情，回市里的寓所去。

一进前厅，首先使他吃惊的是一股他最厌恶的广藿香的香水味；这里还堆放着高大的箱子和行李袋。他觉得，迎着他跑过来的侍仆，脸上的表情似乎很异样。他还没有弄明白他所看到的这些情况，就跨过客厅的门槛……一位穿着缀有皱边的黑绸衣的太太，迎着他从沙发上站起来，用细麻纱手帕半掩着苍白的脸，向前走了几步，低下她那精心梳理、香气扑鼻的头——便跪倒在他脚前……这时候他才认出她来：这位太太就是他的妻子。

他几乎喘不过气来……他把身子靠在墙上。

"特奥多尔①，不要把我赶走！"她用法语说，她的声音像一把尖刀在剜他的心。

他木然在望着她，然而立即不由自主地注意到，她变得更为白嫩，更为丰满了。

"特奥多尔！"她继续说，偶尔抬起眼睛，还小心翼翼地绞拧着她那涂着粉红色指甲油的、美得出奇的手指，"特奥多尔，我对不起您，非常对不起您，说得重些，我是个有罪的人；但是，请您听我说完。悔恨折磨着我。我成了我自己的累赘，我再也忍受不了我的处境；多少次我想来找您，但是我害怕您会大发雷霆；我痛下决心和过去的一切关系一刀两断……况且，我生了一场大病，我病得厉害，"她又说了一句，用手摸摸额头和面颊，"外面纷纷谣传说我死了，我就趁此机会抛弃了一切，日夜不停地赶到这儿来；我犹豫了好久，要不要来见您，我的裁判者——来到您面前，我的裁判者。但是，我想起您一向是多么善良，我终于下了决心到您这儿来；我在莫斯科打听到您的地址。请相信我，"她轻轻地从地上站起来，坐到一把圈椅的边上，继续

---

① 特奥多尔是费奥多尔的法语变音。

说,"我常常想到死,我倒是有足够的勇气来结束自己的生命的,——唉,现在生命对于我,成了不可忍受的重担!——但是,一想到我的女儿,想到我的阿多奇卡①,我就打消了这个念头。她就在这儿,在隔壁房间里睡觉呢,可怜的孩子!她累了——待会儿您会看见她:至少,她在您面前是无辜的,而我却是这样地不幸,这样地不幸!"拉夫列茨基夫人叫了一声,就泪如雨下。

拉夫列茨基终于清醒过来;他离开墙边,向门口走去。

"您要走?"他的妻子绝望地说,"啊,这是残酷的!——一句话也不对我说,甚至一句责备的话也没有……这种蔑视真叫人活不下去,这是可怕的!"

拉夫列茨基站住了。

"您要我说些什么呢?"他的声音低得几乎听不出。

"没有什么,没有什么,"她连忙接茬儿说,"我知道我没有权利要求什么;相信我,我不是个疯子,我并不希望,也不敢希望得到您的饶恕;我只是大着胆子来请求您吩咐我,我该怎么办,住在什么地方?我会像奴隶那样照您的

---

① 阿多奇卡是阿达的爱称。

吩咐去做，不管您怎么吩咐。"

"我对您没有什么可吩咐的，"拉夫列茨基用同样的声调说，"您知道，我们之间一切都完了……尤其是现在，更是如此。您愿意住在哪儿就住在哪儿，如果您嫌您的赡养费不够……"

"啊，请不要说这种可怕的话，"瓦尔瓦拉·帕夫洛夫娜打断了他，"饶恕我吧，哪怕……哪怕为了这个小天使……"说了这话，瓦尔瓦拉·帕夫洛夫娜飞快跑到另一个房间里，马上抱着一个打扮得非常雅致的小女孩出来。大卷的淡褐色鬈发披在孩子的红润漂亮的小脸蛋上和睡眼惺忪的漆黑的大眼睛上；孩子一边笑，一边被亮光照得眯起眼睛，一只胖乎乎的小手搂住母亲的颈脖。

"阿达，这是你的爸爸，"瓦尔瓦拉·帕夫洛夫娜说，把披散在孩子眼睛上的发卷掠开，重重地吻了她一下，"跟我一起来求他吧。"

"这就是爸爸。"小女孩咿呀地说。

"是的，我的孩子，你爱他，是吗？"

但是，这时拉夫列茨基实在受不住了。

"好像在哪一出闹剧里面有个场面跟这一模一样的

吧?"他嘟哝着就走掉了。

瓦尔瓦拉·帕夫洛夫娜在原地站了一会儿,微微地耸耸肩膀,把孩子抱到隔壁房间里去,给她脱了衣服,让她睡下。然后,她拿出一本书,坐在灯旁,等了将近一小时,最后,自己也上床了。

"怎么样,太太?"她从巴黎带来的法国女仆给她脱下紧身带,问道。

"没什么,茹斯京,"她说,"他老多了,可是,我觉得他还是那么善良。把我夜里戴的手套给我,把我明天要穿的灰色高领衣服给准备好,还有,别忘了阿达的羊肉饼……这东西在这儿虽然难找到,可是得想想办法。"

"打仗就该像打仗的样子。"茹斯京说,就灭了蜡烛。

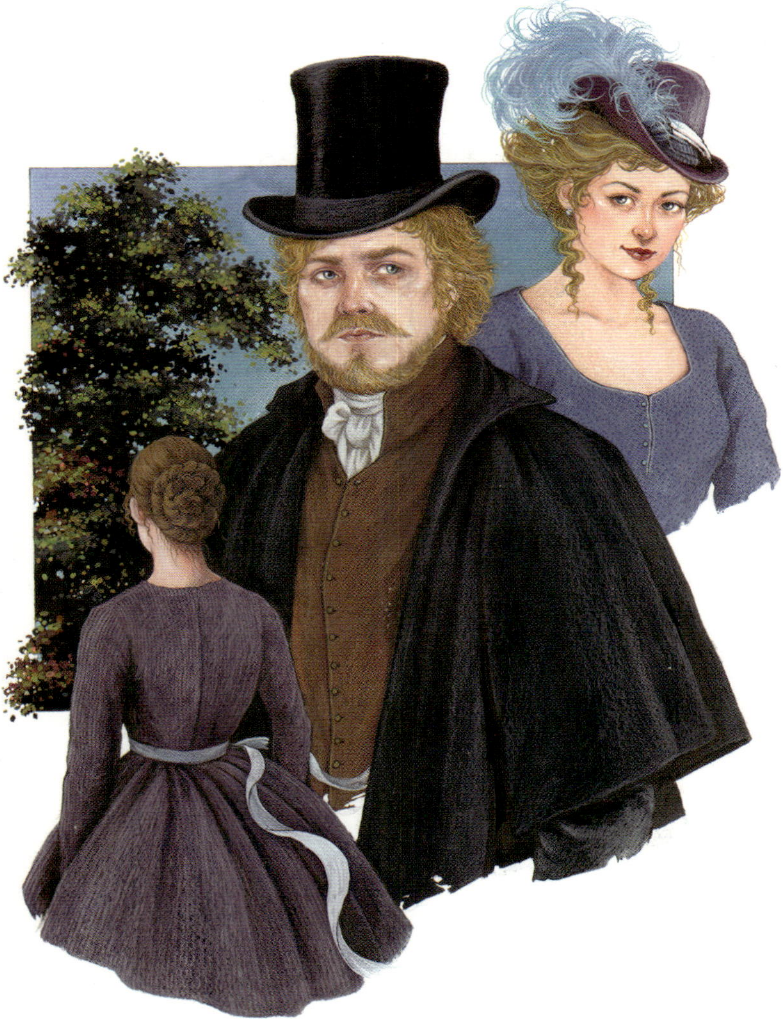

37

拉夫列茨基在市内的大街小巷踯躅了两个多小时。他想起他在巴黎郊外度过的那个夜晚。他的心碎了，在他的空空的、好像昏昏沉沉的头脑里，周而复始地萦绕着同样阴暗的、荒谬的、毒恨的念头。"她还活着，她在这儿。"他低语着，心中的惊异也随之俱增。他觉得，他已经失去了丽莎。愤怒使他窒息；这个打击是他万万没有料到的。他怎么能这样轻信小报上的无稽谰言，轻信一张小纸片呢？"好吧，即使我没有相信，"他心里想，"那又有什么不同呢？那我就不会知道丽莎爱我；她自己也不会知道这个。"他无法驱走头脑中他妻子的形象、她的声音和目光……他诅咒自己，诅咒世上的一切。

凌晨，他筋疲力尽，来到莱姆的门前。他敲门敲了好久，也没有人来开门；终于，窗口露出了老人的戴着睡帽的脑袋，满是皱纹的脸上老大不高兴的神气,这和二十四小时前，从他的艺术家的巍峨的高峰上，以帝王的气概俯视拉夫列茨基的那个充满灵感的庄严的脑袋，是截然不同的了。

"您要什么？"莱姆问，"我可不能每天夜里弹琴，我刚服了汤药。"

但是，显然拉夫列茨基的神色是非常异样：老人把手放在眼睛上面，看了看这位夜半的来客，就放他进来。

拉夫列茨基走进屋来，颓然坐到一张椅子上。老人站在他面前，掩上他那件破旧的花睡袍的衣襟，瑟缩着，嘴唇动着，好像在咀嚼什么。

"我的妻子来了。"拉夫列茨基说，他抬起头来，突然不由自主地笑了起来。

莱姆的脸上露出惊讶的神情，但是，他连一丝笑意都没有，只是把睡袍更裹紧。

"您是不知道的，"拉夫列茨基说，"我以为……我在一张报上看到，她已经不在人世了。"

"哦——哦，您是不久前看到的吗？"

"不久以前。"

"哦——哦，"老人重复说，高高地扬起眉毛，"她到这儿来啦？"

"她来了。她现在就在我那儿。我……我是一个不幸的人。"

于是，他又苦笑了。

"您是一个不幸的人。"莱姆慢慢地重复说。

"赫里斯托福尔·费奥多雷奇，"拉夫列茨基开始说，"您能不能给送个字条去？"

"嗯。我可以知道是送给谁的吗？"

"给丽莎维……"

"啊，行，行，我明白了。好吧，字条要什么时候送到？"

"明天，越早越好。"

"嗯。我可以让我的厨娘卡特琳去。不，还是我自己去好。"

"还把回信带给我？"

"还把回信带来。"

莱姆叹了口气。

"是啊，我可怜的年轻朋友；您，真是——一个不幸的年轻人。"

拉夫列茨基给丽莎写了几个字：他告诉她，他的妻子来了，请她指定一个时间和他见面，——写完之后，便倒在一张窄沙发上，面壁而卧。老人上了床，久久地翻来覆去，咳嗽，一口一口地喝着汤药。

天亮了。两人都起来了。彼此用异样的眼光对看了一下。在这一刻，拉夫列茨基真恨不得把自己杀了。厨娘卡特琳给他们送上劣质的咖啡。钟敲八下。莱姆戴上帽子，说他平时是十点钟到卡利京家去授课，不过他可以找到一个适当的借口提前去，说完就走了。拉夫列茨基又倒在沙发上，从他的心底又发出一阵苦笑。他想到，妻子怎样逼得他在家里待不下去，他设想着丽莎的处境，他闭上眼，把双手枕在脑后。莱姆终于回来了，给他带来一张小纸片，丽莎用铅笔在上面写道："我们今天不能见面，也许，明天晚上可以。再见。"拉夫列茨基冷冷地、精神恍惚地谢过莱姆，就回家去了。

回到家里，他看到妻子在进早餐。阿达满头发卷，穿一件饰有天蓝色丝带的雪白的衣服，在吃羊肉饼。拉夫列茨基一走进来，瓦尔瓦拉·帕夫洛夫娜马上就站起来，脸上带着顺从的神情走到他面前。他请她跟他到书房里去，关上房门，开始在书房里来回踱着；她坐了下来，温文地交叠着双手，用她那双虽然淡淡地涂了眼影，仍然非常美丽的眼睛注视着他。

拉夫列茨基好半天不能开口：他觉得，他还控制不住自己；他明明看到，瓦尔瓦拉·帕夫洛夫娜一点儿也不怕他，却装出一副马上就会晕倒的样子。

"请听我说，夫人，"他终于开口说，一面费力地呼吸着，不时咬紧牙齿，"我们彼此之间用不着装模作样；我可不相信您的悔悟；即使您是真心悔悟，要我和您重归于好，跟您一起生活——在我也是办不到的。"

瓦尔瓦拉·帕夫洛夫娜咬住嘴唇，眯缝起眼睛。"他这是厌恶我，"她想道，"完了！在他看来我甚至不是一个女人。"

"办不到，"拉夫列茨基又说了一遍，把衣服上的钮扣一直扣到领口，"我不知道，您来此有何贵干：大概是钱花完了。"

"唉！您是在侮辱我。"瓦尔瓦拉·帕夫洛夫娜低声说。

"不管怎么说——遗憾的是，您总还是我的妻子。我总不能把您撵走……我给您提这样一个建议。如果您愿意，您可以今天就动身去拉夫里基，住在那里；您知道，那边的房子很好；赡养费之外，您还可以得到您必需的一切……

您同意吗?"

瓦尔瓦拉·帕夫洛夫娜用绣花手帕掩住了脸。

"我已经对您说过,"她低声说,嘴唇神经质地抽动着,"随您怎么安排,我都同意;这一回我只要请问您:至少您总可以让我对您的宽宏大量表示感谢吧?"

"用不着感谢,我请求您,最好免了这一套,"拉夫列茨基连忙说,"这么说,"他向门口走近,继续说,"我可以期待您……"

"明天我就去拉夫里基,"瓦尔瓦拉·帕夫洛夫娜低声说,恭恭敬敬地从座位上站起来,"但是,费奥多尔·伊万内奇(她不再称他为特奥多尔)……"

"您要什么?"

"我知道,我还不配得到您的饶恕,我能否希望,至少,将来有一天……"

"唉,瓦尔瓦拉·帕夫洛夫娜,"拉夫列茨基打断了她,"您是个聪明人,我也不是个笨蛋;我明明知道,您根本不需要什么饶恕。而且,我早已饶恕您了;但是在您我之间永远有一道深渊。"

"我会服从的,"瓦尔瓦拉·帕夫洛夫娜说,一面低下了头,"我没有忘记我的罪过;即使我晓得,您得知我的死讯甚至感到高兴,我也并不奇怪。"她温顺地又说,一面用手微微地指着被拉夫列茨基遗忘在桌上的那份报纸。

费奥多尔·伊万内奇不禁颤抖了一下:那篇小文章上面有他用铅笔做的记号。瓦尔瓦拉·帕夫洛夫娜带着更为谦卑的神情望了望他。在这一瞬间,她是无比的美丽。巴黎式的灰色长袍合体地裹着她那柔韧的、几乎是十七岁少女的身躯,她那围着白衣领的纤细娇嫩的头颈,她那均匀地起伏着的胸部,她那不戴任何手镯和戒指的手臂和纤指——她的整个身体,从有光泽的头发到微露的鞋尖,都是那么优美……

拉夫列茨基向她投了愤怒的一瞥,几乎要喊出:"好!"几乎要一拳朝她的脑门打过去——然而,他却走了。一小时后,他已经前往瓦西里耶夫斯科耶村。两小时后,瓦尔瓦拉·帕夫洛夫娜却吩咐给她雇来城里最好的马车,戴上有黑面纱的朴素的草帽,披上素净的大披肩,把阿达交给茹斯京,就往卡利京家去了:她向仆人们详细打听过,知道她的丈夫每天都要上她们家去。

38

拉夫列茨基的妻子来到O市的那一天,对他是烦恼的一天,对于丽莎也是一个痛苦的日子。她还没有来得及下楼去向母亲问安,窗下就传来嘚嘚的马蹄声,她看见是潘申骑马来到院子里,不由暗暗担心。"他这么早就来,是要听最后的答复。"她想。她果然没有猜错;他在客厅里转了一下,就提出请她同他到花园里去,并且要求对他的命运作出决定。丽莎鼓起勇气对他说,她不能做他的妻子。他侧着身子站在她旁边,把帽子拉到额头,听她把话说完;他彬彬有礼地(但是声调改变了)问她:这是不是她的最后决定,是不是他有什么地方促使她改变了主意?接着,他用手捂着眼睛,发出一声短促的、若断若续的叹息,就把手从脸上取下来。

"我本来不想走人人都走的老路，"他声音喑哑地说，"我想听从内心的喜爱来为自己找一个伴侣，但是，看来那是做不到的了。别了，我的美梦！"他向丽莎深深地鞠了一躬，就走进屋子里去了。

她希望他马上就走，可是他偏偏走进玛丽亚·德米特里耶夫娜的书房，在她那里待了将近一小时。临走的时候，他对丽莎说："您母亲叫您去，永别了……"说了，便上了马，从台阶口就疾驰起来。丽莎走进玛丽亚·德米特里耶夫娜的书房，看见她在流泪：潘申把自己的不幸都对她说了。

"你干吗要这么让我伤心？你干吗要这么让我伤心？"伤心的寡妇这样开始了她的怨诉，"你还想要什么样的人？他有哪一点不配做你的丈夫？一个侍从官！是长得不好看！在彼得堡，他可以跟宫中的随便哪一个女官结婚。我是，我是一直盼望着这门亲事的！你是早就对他变心了吗？这场灾祸总有个来头，它总不是平白无故来的。莫非是那个傻瓜吧？你可找到了个好参谋！"

"可是他，我那宝贝，"玛丽亚·德米特里耶夫娜继续说，"他是多么恭恭敬敬，即使在他最伤心的时候，还是那么体贴别人！他答应还要常来看我。啊，这种事真叫我受不了！

啊呀,我的头疼得都要裂开了!给我把帕拉什卡叫来。你要是不肯回心转意,那你就是要我的命,听见没有?"玛丽亚·德米特里耶夫娜两次叫丽莎"没良心的",就打发她走开。

丽莎回到自己的房间里。和潘申以及和母亲的那番谈话之后,她还来不及缓过气来,又有一场风暴向她袭来,而且是来自她万万意料不到的方面。马尔法·季莫费耶夫娜一走进她的房间,就砰地把门关上。老妇人的脸色苍白,包发帽歪在一旁,眼睛冒火,手和嘴唇都在颤抖。丽莎吃了一惊;她从来还不曾见过她的聪明审慎的姑奶奶像这副模样。

"好极啦,小姐,"马尔法·季莫费耶夫娜低声说,声音发颤,断断续续,"好极啦!你这是跟什么人学来的,我的妈……给我点儿水,我话都说不出来了。"

"安静点儿,姑奶奶,您这是怎么啦?"丽莎说,递给她一杯水,"好像,您自己不是也并不赏识潘申先生吗?"

马尔法·季莫费耶夫娜放下杯子。

"我不能喝水:我会把剩下的几颗牙都磕碰掉的。哪儿来的什么潘申?这跟潘申有什么关系?你最好告诉我,是谁教你深更半夜跟人约会的，啊，我的妈？"

丽莎的脸色发白了。

"请你休想给我抵赖，"马尔法·季莫费耶夫娜继续说，"舒罗奇卡亲眼都看见了，是她对我说的。我叫她不许去瞎说，可她是不会撒谎的。"

"我并不抵赖，姑奶奶。"丽莎的声音低得几乎听不出。

"啊，啊！原来是这么回事，我的妈！是你跟他，跟那个老色鬼，那个老实人，约会的吗？"

"不是。"

"那又是怎么回事呀？"

"我到楼下客厅里去拿一本书：他在花园里——就叫我。"

"你就去啦？好极了。那么你是爱他的喽，是吗？"

"我爱他。"丽莎轻声回答。

"我的妈呀！她爱他！"马尔法·季莫费耶夫娜把头上的包发帽扯了下来，"爱一个有老婆的人！啊？她爱他！"

"他对我说……"丽莎开始说。

"他对你说什么来着，这个美男子？"

"他对我说，他的妻子已经死了。"

马尔法·季莫费耶夫娜画了个十字。

"愿她进天国,"她低语说,"一个无聊透顶的小娘儿们——其实不该提这个。这么说,他成了光棍啦。我看,他倒是样样都在行。刚折磨死一个老婆,又来找第二个。还说他老实呢?只是,姑娘,我要告诉你,在我们那个时代,在我年轻的时候,女孩子家做出这种事来,可是要倒霉的。你别生我的气,我的妈妈,只有傻瓜听到真话才会生气。今天我已经关照不让他进门了。我喜欢他,可是这件事我永远不能原谅他。哼,什么老婆死了!给我拿水来。要说你让潘申碰了钉子,这件事做得真是好样的;只是别跟那些山羊养的①,别跟那些臭男人夜里坐在一起;别让我这个老太婆伤心!我并不是只会跟人亲亲热热,我也会刺伤人的……好一个死了老婆的人!"

马尔法·季莫费耶夫娜走了,丽莎却坐在角落里哭起来。她心里很痛苦,她受到这样的屈辱是冤枉的。爱情向她表现出来的不是欢乐:从昨晚起她是第二次流泪了。一种新的、意想不到的感情刚刚在她心里萌发,她已经为它付出了多

---

① 指男人。

么沉重的代价,别人的手是多么粗暴地触痛了她心底珍藏的秘密!她感到羞愧、伤心和痛苦;然而她心里并没有怀疑,也没有恐惧——拉夫列茨基对她是倍加可亲了。在她对自己还不理解的时候,她曾犹豫过;但是,在那次会晤、那次接吻之后——她已经不可能犹豫了;她知道,她是爱他的,——忠诚地、认真地、一片痴情地、终生不渝地爱他,——不怕任何威胁;她感到,任何暴力都不能拆散这牢牢的爱情之结。

39

玛丽亚·德米特里耶夫娜听到仆人向她禀告，瓦尔瓦拉·帕夫洛夫娜·拉夫列茨基夫人到来的消息，大为惊慌起来；她甚至不知道要不要接待她，她怕侮辱了费奥多尔·伊万内奇。可是好奇心终于占了上风。"那有什么呢，"她想，"说什么她总是亲戚呀。"于是就坐到手圈椅里，对仆人说："请！"几分钟过去了，门打开了，瓦尔瓦拉·帕夫洛夫娜脚步声几乎听不出地、轻捷地走到玛丽亚·德米特里耶夫娜面前，不等她从手圈椅上站起来，几乎就在她的膝前跪下了。

"感谢您，姑姑，"她开始用深受感动的、轻轻的声音说着俄语，"感谢您，我没有料到您会如此错爱。您真是像天使般的善良。"

说了这话，瓦尔瓦拉·帕夫洛夫娜出其不意地抓住玛丽亚·德米特里耶夫娜的一只手，把它轻轻地握在自己戴着淡紫色手套的手里，谄媚地把它举到她那丰满的朱唇边上。看到这样一位美丽的、装束淡雅宜人的女人几乎就跪在自己的脚下，玛丽亚·德米特里耶夫娜完全茫然了；她不知道如何是好：她想把自己的手缩回，又想让她坐下，对她说上几句亲亲热热的话；结果，她却欠身起来，在瓦尔瓦拉·帕夫洛夫娜的光滑的、香喷喷的额头上吻了一下。这一吻，把瓦尔瓦拉·帕夫洛夫娜吻得浑身无力了。

"您好，日安，"玛丽亚·德米特里耶夫娜说，"当然，我没有想到……不过，我当然高兴看见您。您懂得，你们夫妻之间的事，我是没法评判的……"

"我的丈夫一切都对，"瓦尔瓦拉·帕夫洛夫娜打断了她，"全怪我不好。"

"这种感情是非常值得称赞的，"玛丽亚·德米特里耶夫娜说，"非常值得称赞。您来了很久了吗？您看到他啦？可是，您请坐下。"

"我是昨天到的，"瓦尔瓦拉·帕夫洛夫娜谦逊地在椅子上坐下，回答说，"我见到费奥多尔·伊万内奇，我跟他说过话了。"

"啊!那么,他是怎么样呢?"

"我本来担心,我这样突然回来会惹得他大发雷霆,"瓦尔瓦拉·帕夫洛夫娜继续说,"可是他并没有不让我见他。"

"就是说,他并没有……哦,哦,我明白了。"玛丽亚·德米特里耶夫娜说,"他只是看起来样子有些粗,其实他的心肠是挺软的。"

"费奥多尔·伊万内奇并没有饶恕我,他不愿意听我把话说完……不过他是那么善良,他指定拉夫里基做我的住处。"

"啊!那是一座非常漂亮的庄园!"

"遵照他的意思,我明天就到那儿去,但是我认为有义务先来拜望您。"

"非常,非常感谢您,我亲爱的。什么时候都不应该把亲戚忘掉。您知道吗,您的俄语说得这么好,真叫我惊奇。这真令人惊奇。"

瓦尔瓦拉·帕夫洛夫娜叹了口气。

"我在国外待得太久,玛丽亚·德米特里耶夫娜,这我是明白的;但是我的心永远属于俄国,我没有忘记过自己的祖国。"

"是啊，是啊；这是最好不过的。可是，费奥多尔·伊万内奇压根没有料到您……是的，相信我的经验吧：祖国高于一切。啊，请把您的漂亮的小斗篷让我看看好吗？"

"您喜欢它？"瓦尔瓦拉·帕夫洛夫娜敏捷地从肩上取下斗篷，"这很普通，是波德兰夫人①的出品。"

"这一眼就可以看出来。是波德兰夫人……多么美，又多么雅致！我相信，您一定带了好多漂亮的东西回来。我真想一饱眼福！"

"我的全部服装都可以供您过目，最亲爱的姑姑。如果您准许，我可以拿点儿东西来让您的使女看看做个样子。我从巴黎带来一个女仆——一个非常出色的女裁缝。"

"您真是太好了，我亲爱的。不过，老实说，我真不好意思。"

"不好意思……"瓦尔瓦拉·帕夫洛夫娜带着责怪的口气重复她的话，"如果您肯赏脸，就尽管吩咐吧，就当我是属于您的一样！"

---

① 波德兰夫人是当时巴黎最有名的时装设计师。

玛丽亚·德米特里耶夫娜听了这话，浑身都要酥了。

"您真迷人，"她说，"您怎么不把帽子和手套脱下呀？"

"怎么？您准许？"瓦尔瓦拉·帕夫洛夫娜问，她轻轻地、似乎深受感动似的叠起双手。

"当然，我希望您和我们同进午餐。我……我要把我的女儿介绍给您。"玛丽亚·德米特里耶夫娜感到有些不安。"唉，也只好如此了！"她想道，"她今天好像有些不大舒服。"

"啊，我的姑姑，您真是太好了！"瓦尔瓦拉·帕夫洛夫娜叫道，拿起手帕去擦眼睛。

小僮禀告格杰奥诺夫斯基到来。这个爱说废话的老头儿脸上带着得意的微笑，点头哈腰地走了进来。玛丽亚·德米特里耶夫娜把他介绍给自己的客人。他起初有些窘，但是瓦尔瓦拉·帕夫洛夫娜却那么媚态横生而又恭敬地对待他，弄得他的耳朵都发热了。于是，胡诌、谎言、恭维话就像蜜糖一样从他的嘴里流了出来。瓦尔瓦拉·帕夫洛夫娜听他说着，含蓄地微笑着，自己也说上几句。她谦逊地讲到巴黎，讲到自己的旅行，讲到巴登，把玛丽亚·德米特里耶夫娜逗笑了两次；每一次之后，她都轻轻地叹气，似乎心里在责备自己不该这么高兴；她还得到准许，可以把阿达带来。她脱下手套，用她那皮肤光滑、散发着蜀葵香皂香味的手指指点着，哪里该有皱边，哪里该起褶，哪里钉花边，哪里钉大蝴蝶结；她答应带一瓶新出品的英国香水维多利亚女王来，当玛丽亚·德米特里耶夫娜同意接受这份礼品时，她就高兴得像孩子似的。她回忆起她回国后第一次听到俄国教堂钟声的感受的时候，她又哭了："这钟声一声声一直敲到我的心里。"她说。

正在这一刻，丽莎走了进来。

早上，她读了拉夫列茨基的字条，吓得浑身发冷，从那一分钟起，丽莎就做好了和他的妻子会面的准备：她预感到，她会见到那个女人。她决心不回避她，照她的说法，以此作为对她的有罪的希望的惩罚。她的命运的突如其来的变化彻底震撼了她；在大约两个小时里，她的脸就瘦削下来，然而她却没有流下一滴眼泪。"我这是罪有应得！"她对自己说，费力地、激动地压制着内心一阵阵辛酸的、使她自己为之吃惊的凶狠的冲动。"好吧，该下去了！"她一听到拉夫列茨基夫人的到来，就这样想，于是，她就去了……在她下决心把门打开之前，她在客厅门外站了好一会儿;心里想:"我在她面前是有罪的。"她跨过门槛,强使自己望了望她,强使自己微笑了一下。瓦尔瓦拉·帕夫洛夫娜一看见她,就迎上前来,微微地,但仍然恭恭敬敬地给她行礼。"请让我来介绍我自己,"她用献媚的声音开始说,"您的妈妈对我如此厚爱,我希望,您也会对我……好。"瓦尔瓦拉·帕夫洛夫娜说最后这句话时脸上的表情,她那狡猾的微笑,她那冷漠的、同时又是温柔的眼神,她的手和肩部的动作,她的衣服,以至她整个的人——在丽莎心里激起那样强烈的憎恶之感,使她什么也回答不出来,只是十分勉强地向她伸出手来。"这位小姐讨厌我。"瓦尔瓦拉·帕夫洛夫娜心里想,她紧握着丽莎的冰冷的手指,转脸对玛丽亚·德米特里耶夫娜低声说:"她真美!"丽莎微微涨红了脸:在这一声赞美里,可以听出讥讽和侮辱;但是,她决心不去相信自己的印象,自管坐到窗前去绣花。就在这里,瓦尔瓦拉·帕夫洛夫娜也不让她安宁:她走近她,开始夸奖她的审美力,夸她的手巧……丽莎的心猛烈地、痛苦地跳起来:她如坐针毡,勉强克制着自己。她觉得,瓦尔瓦拉·帕夫洛夫娜一切都知道了,她是在扬扬得意地暗自嘲弄她。幸好,格杰奥诺夫斯基来跟瓦尔瓦拉·帕夫洛夫娜攀谈，吸引了她的注意力。丽莎低头绣花，一面偷偷地打量她。"这个女人，"她想，"就是他爱过的。"但是她立刻驱赶掉头脑里关于拉夫列茨基的思念：她害怕会控制不住自己，她感到头有些眩晕。这时，玛丽亚·德米特里耶夫娜谈起了音乐。

"我听说，我亲爱的，"她开始说，"您是一位技艺精湛的音乐家。"

"我好久没有弹琴了，"瓦尔瓦拉·帕夫洛夫娜说着，马上就坐到钢琴前面，手指敏捷地掠过琴键，"您是要我弹吗？"

"那就劳驾了。"

瓦尔瓦拉·帕夫洛夫娜娴熟地奏了赫尔兹①的一支出色的然而难度很大的练习曲。她的演奏充满活力，手法熟练。

"此曲只应天上有啊！"格杰奥诺夫斯基叫了起来。

"真是不同凡响！"玛丽亚·德米特里耶夫娜证实说，"啊，瓦尔瓦拉·帕夫洛夫娜，老实说，"她是第一次叫她

---

① 赫尔兹（1806—1888），德国作曲家，钢琴演奏家。他的钢琴作品在十九世纪颇为流行。

的名字，"您真叫我惊奇，您简直可以举行音乐会。我们这儿有位音乐家，一个德国老头儿，性情古怪，可是很有学问；他给丽莎上课；他听了您的演奏，保管会发疯。"

"丽莎维塔·米哈伊洛夫娜也是音乐演奏家么？"瓦尔瓦拉·帕夫洛夫娜微微向她转过脸来，问道。

"是的，她弹得不错，也爱好音乐，可是哪里能跟您比呀？不过我们这儿还有一个年轻人，您应该认识认识他。这是一位天生的音乐家，作曲也作得极妙。只有他才能充分地欣赏您。"

"一个年轻人？"瓦尔瓦拉·帕夫洛夫娜问，"他是个什么样的人？家境不好吧？"

"您说到哪儿去啦，他是我们这儿最受欢迎的男伴，岂止在我们这儿——还在彼得堡。一位侍从官，在最上流的社会里都受欢迎。您一定听说过他：他叫潘申，弗拉基米尔·尼古拉伊奇。他因公来到这儿……一位未来的部长呢！"

"还是一位艺术家？"

"是天生的艺术家，而且对人那么亲切。您会看到他的。最近他常到我这儿来，我请他今天晚上来的；我希望他会来。"玛丽亚·德米特里耶夫娜附加了一句，短叹了一声，还微微苦笑了一笑。

丽莎懂得这一笑的含义；但是，此刻她顾不上这个。

"而且还年轻？"瓦尔瓦拉·帕夫洛夫娜重复说，她的手指在琴键上从一个音调转到另一个音调。

"才二十八岁——而且长得那么讨人喜欢。一个极好的年轻人，您想想看吧。"

"可说是一位堪为楷模的青年。"格杰奥诺夫斯基说。

瓦尔瓦拉·帕夫洛夫娜猛地弹起施特劳斯的一支喧闹的华尔兹，一开头就是那么强烈而急骤的颤音，甚至把格杰奥诺夫斯基吓了一跳：华尔兹弹到一半，她猛然转为忧伤的旋律，最后，以《露西娅》①里的咏叹调《不久以后》②收尾……她意识到，欢快的音乐和她的处境不相称，便在《露西娅》的咏叹调中加强了感伤的音调，使玛丽亚·德米特里耶夫娜深为感动。

"多么美的感情。"她低声对格杰奥诺夫斯基说。

"此曲只应天上有呀！"格杰奥诺夫斯基又重复说，便

---

① 即《拉默摩的露西娅》，意大利作曲家唐尼采蒂（1797—1848）于一八三五年写的歌剧。
② 原著中是意大利文。

举目望天。

午餐的时候到了。汤已经上了桌，马尔法·季莫费耶夫娜才下楼。她对瓦尔瓦拉·帕夫洛夫娜非常冷淡，对她的殷勤只是爱理不理，对她看也不看。瓦尔瓦拉·帕夫洛夫娜心里马上明白，对这个老太婆讨好也是白费劲，便不再找她说话；然而，玛丽亚·德米特里耶夫娜对自己的客人却格外亲热了，姑太太的无礼使她大不高兴。但是，马尔法·季莫费耶夫娜不单是不望瓦尔瓦拉·帕夫洛夫娜一个人：她对丽莎也是瞧也不瞧，虽然她的眼睛闪闪发光。她像石像似的坐在那里，面色蜡黄、苍白，嘴唇紧抿着——什么都不吃。丽莎看上去倒很平静；的确，她心里觉得平静了些；她感到一种异样的麻木，一个被判了刑的犯人的麻木状态。午餐时，瓦尔瓦拉·帕夫洛夫娜说话不多，她仿佛又胆怯起来，露出满脸谦卑而忧郁的神色。只有格杰奥诺夫斯基一个人滔滔不绝，谈笑风生，虽然他不时要胆怯地偷眼看看马尔法·季莫费耶夫娜，咳嗽两声——每逢他要在她面前撒谎的时候，他的嗓子就要发痒，咳嗽起来，——其实，她并没有妨碍他，也没有打断他的话头。午餐后，发现瓦尔瓦拉·帕夫洛夫娜原来对朴烈费兰斯极为爱好,这使玛丽亚·德米特里耶夫娜高兴得要命,甚至深为感动,心里想道:"费奥多尔·伊万内奇真是个大笨蛋:这么好的女人,他都不会欣赏!"

她坐下,跟瓦尔瓦拉·帕夫洛夫娜和格杰奥诺夫斯基打牌。马尔法·季莫费耶夫娜说,丽莎的脸色非常难看,一定是头痛得厉害,就带着丽莎上楼回自己的房间里去了。

"是啊,她头痛得厉害,"玛丽亚·德米特里耶夫娜说,她转向瓦尔瓦拉·帕夫洛夫娜,翻着眼珠,"我自己也常犯偏头痛……"

"是吗?"瓦尔瓦拉·帕夫洛夫娜说。

丽莎走进姑奶奶的房间,浑身乏力地倒在椅子上。马尔法·季莫费耶夫娜默默地朝她望了好久,然后轻轻地在她面前跪下,仍旧那样默默地,开始轮流地吻她的双手。丽莎俯身向前,她的脸红了,——哭了起来,但是没有搀起马尔法·季莫费耶夫娜,也没有缩回自己的手:她觉得,她没有权利把手缩回来,她没有权利不让老妇人来表示自己的悔恨和同情,并请求为了昨天的事原谅她。马尔法·季莫费耶夫娜再也吻不够这双可怜的、苍白无力的手——而无言的泪水就从她的眼里和丽莎的眼里流了出来。小猫"水手"在宽大的手圈椅上织袜子的线团旁边咪咪地叫着,长明灯的细长的火焰在神像前微微抖动着,摇曳着,在隔壁房间的门后面,纳斯塔西娅·卡尔波夫娜站在那里,也用卷成小团的方格手帕在偷偷地拭着眼泪。

40

这时候，楼下的客厅里还在玩朴烈费兰斯。玛丽亚·德米特里耶夫娜赢了，情绪很好。仆人进来，禀告潘申到来。

玛丽亚·德米特里耶夫娜手里的牌落了下来，她在椅子上有些坐不住了；瓦尔瓦拉·帕夫洛夫娜用半带讥笑的神气瞅了她一眼，就转过眼去望着门。潘申出现了，他身穿黑色燕尾服，英国式的高领一直扣到领口。"遵命在我是痛苦的，可是您看，我还是来了。"——这就是他那刚刮过的、没有笑意的脸上的表情。

"得啦，沃尔德马尔，"玛丽亚·德米特里耶夫娜高声说，"以前您是不用通报就进来的！"

潘申只是朝玛丽亚·德米特里耶夫娜望了一眼算是回答，彬彬有礼地向她一鞠躬，但是没有上前去吻她的手。

她把他介绍给瓦尔瓦拉·帕夫洛夫娜；他后退一步，同样彬彬有礼地向她一鞠躬，但是略微带点儿优雅和尊敬的味道，接着便坐到牌桌旁。朴烈费兰斯很快打完了。潘申问起丽莎维塔·米哈伊洛夫娜，听说她不大舒服，就表示很是遗憾；后来他和瓦尔瓦拉·帕夫洛夫娜攀谈起来，像外交家那样字斟句酌，对她的回答也恭恭敬敬地聆听。但是他那副外交家的庄严态度对瓦尔瓦拉·帕夫洛夫娜并不起作用，也没有影响。相反：她只是愉快地注视着他的脸，态度随便地说话，纤巧的鼻翼微微颤动，好像在忍俊不禁。玛丽亚·德米特里耶夫娜开始大大称赞她的才华。潘申则毕恭毕敬地、在他那高衣领所容许的范围内低下头来，说这是"他早就确信不疑的"，——后来谈话不知怎的差点儿扯到了梅特涅①。瓦尔瓦拉·帕夫洛夫娜眯了眯她那天鹅绒似的美目，压低声音说："您不也是艺术家吗，同行，"又声音更低地说了一句，"来吧！"就朝钢琴那边点点头。这一声随便说出的"来吧！"，就像施了魔术似的，把潘申的整个外观霎时间给改变了。他那诚惶诚恐的态度一扫

---

① 梅特涅（1773—1859），奥地利首相，外交家。

而尽,他笑了笑,活跃起来,解开了燕尾服的扣子,一再地说:"唉,我哪里是什么艺术家,我听说,您才是真正的艺术家呢。"就跟在瓦尔瓦拉·帕夫洛夫娜后面向钢琴走去。

"让他唱那首浪漫曲:《明月悬高空》。"玛丽亚·德米特里耶夫娜叫道。

"您唱吗?"瓦尔瓦拉·帕夫洛夫娜说,她那双明眸很快地看了他一眼,"请坐。"

潘申一再推辞。

"坐下。"她执著地敲着椅背,重复说。

他坐下来,清了清嗓子,解开衣领,唱了他的浪漫曲。

"美极了,"瓦尔瓦拉·帕夫洛夫娜说,"您唱得好极了,有自己的风格,——再来一遍吧。"

她绕过钢琴,正对着潘申站住。他又唱了一遍那首浪漫曲,在唱腔里加了闹剧式的颤抖。瓦尔瓦拉·帕夫洛夫娜注视着他,臂肘支在钢琴上,白皙的纤手与朱唇交相辉映。潘申唱完了。

"美极了,意思也美,"她以行家的、泰然的口吻自信地说,"请问,您有没有为女声,为女次高音①写过什么?"

---

① 原著中是意大利文。

"我几乎什么也不写,"潘申说,"我只是偶一为之……您也唱歌么?"

"唱的。"

"啊!给我们唱点儿什么吧。"玛丽亚·德米特里耶夫娜说。

瓦尔瓦拉·帕夫洛夫娜用手把披到红馥馥的面颊上的头发掠上去,把头甩了甩。

"我们的嗓音应该能够配合,"她对潘申说,"我们来唱二重唱。您会唱《我羡慕四处游移的风……》①,或者《让我们携手同行》②,或者《看,那苍白的月亮》③吗?"

"我曾唱过《看,那苍白的月亮》,"潘申回答说,"不过那是很久以前,我都忘了。"

"没关系,我们先小声练练。让我来。"

瓦尔瓦拉·帕夫洛夫娜在钢琴前坐下,潘申站在她身旁。他们小声唱了二重唱,其间瓦尔瓦拉·帕夫洛夫娜纠正了他几次,后来就引吭高歌起来,后来又两次重复"看,那苍白的月……亮"。瓦尔瓦拉·帕夫洛夫娜的嗓音不复有

---

①②③ 原著中是意大利文,均为意大利浪漫曲的名字。

原来的清脆,但她却运用得非常巧妙。潘申开始有些胆怯,唱得不太准确,可是渐渐地来了激情,即使唱得不是无懈可击,倒也像个真正的歌唱家那样,不时动着肩膀,晃动着整个身子,有时把手高举。瓦尔瓦拉·帕夫洛夫娜又弹了两三支塔尔贝格①的小品,还卖弄风情地"说唱了"一支法国小咏叹调。玛丽亚·德米特里耶夫娜已经不知道如何来表示自己的那份高兴;她几次想差人去叫丽莎。格杰奥诺夫斯基也不知道说什么好,只是一味地点头晃脑,——可是突然间却打了个哈欠,几乎来不及用手捂嘴。这个哈欠并没有躲过瓦尔瓦拉·帕夫洛夫娜的眼睛;她忽然转过身来,背靠着钢琴说:"音乐已经够了吧;我们来聊聊吧!"就交叠起双手。"噢,音乐够了。"潘申高高兴兴地重复着她的话,便跟她谈起来——开始了一场生动流畅的法语的谈话。"完全跟最上等的巴黎沙龙里一模一样。"玛丽亚·德米特里耶夫娜听着他们的闪烁其词、模棱两可的谈话,心里想道。潘申感到满心舒畅;他的眼睛放光,面露微笑。起初,当他有时和玛丽亚·德米特里耶夫娜目光相遇的时

---

① 塔尔贝格(1821—1871),奥地利钢琴家,作曲家。

候，他还用手摸摸脸，皱皱眉头，叹上两口气；可是到后来，他干脆把她忘了，整个陶醉在那半社交、半艺术的闲谈之中了。瓦尔瓦拉·帕夫洛夫娜显示出自己是一位大哲学家：回答任何问题都胸有成竹；对任何事情都不踌躇，不疑惑；显然，她是常常和形形色色的有识之士作长谈的。她的一切思想感情都离不开巴黎。潘申把谈话引到文学上：哪知她也和他一样，只读法文书。乔治·桑使她愤慨；巴尔扎克是她所敬佩的，虽然使她厌倦；在苏①和斯克里布②的作品中，她看出他们是洞悉人心的伟大作家；她崇拜仲马父子和费瓦尔③；其实，她私心里却认为保尔·德·柯克④高出他们所有的人，可是，她当然连他的名字提也不会一提。老实说，她对文学并没有太大的兴趣。凡是稍稍会令人联想到她的处境的一切，瓦尔瓦拉·帕夫洛夫娜都巧妙地回避；关于爱情，她是绝口不谈，相反，不如说，她在言谈之中对情欲的迷恋还予以严厉的批评，流露出失望和

---

① 欧仁·苏（1804—1857），法国作家，著有社会小说《巴黎的秘密》等。
② 斯克里布（1791—1861），法国剧作家。
③ 费瓦尔（1817—1887），法国通俗作家。
④ 保尔·德·柯克（1794—1871），法国二流庸俗作家。作品多描写巴黎小市民、大学生等的生活。

无可奈何的口吻。潘申反驳她；她不同意他的看法……可是，说来也怪！——从她口中吐出的批评，常常是严厉的批评，然而语调却是那么温存和含情脉脉，她的眼睛也诉说着……究竟那双勾魂的美目诉说着什么——却难以断定；可是，那既非严肃的话，又不是明明白白的甜言蜜语。潘申极力想参透它们隐秘的含义，极力使自己也用眼睛来说话，但是他感到，这是他力不能及的；他不得不承认，瓦尔瓦拉·帕夫洛夫娜，这位国外的真正的牝狮，要比他高明，因此，他对自己就不能完全控制自如了。瓦尔瓦拉·帕夫洛夫娜有一个习惯，和人谈话的时候总喜欢轻轻地碰一碰对方的袖子；这瞬息之间的接触使弗拉基米尔·尼古拉伊奇不禁为之心荡神驰。瓦尔瓦拉·帕夫洛夫娜有一种本领，随便跟什么人都一见如故，两个钟头还没有过，潘申觉得他已经认识她很久了，而丽莎，那个他毕竟热恋过的、昨天还求过婚的丽莎，——却似乎消失在迷雾中了。茶端了上来，谈话更加随便了。玛丽亚·德米特里耶夫娜唤来小僮，吩咐他对丽莎说，如果她的头痛见好，就让她下楼来。潘申一听到丽莎的名字，就大谈起自我牺牲，讲到谁更能作出牺牲——男人呢还是女人。玛丽亚·德米特里耶夫娜马上激动起来，开始肯定地说，是女人更能作出牺牲，并且说，她用三言两语就可以证明这一点，结果却说得词不达意，最后还说了个不伦不类的比方。瓦尔瓦拉·帕夫洛夫娜拿起乐谱半遮着脸，嘴里咬着一块饼干，唇角和目光中都流露出平静的微笑，身子俯向潘申，悄声地说："这位好太太，说的话并不高明。"潘申听了有些愕然，对瓦尔瓦拉·帕夫洛夫娜的大胆感到惊奇；他却没有懂得，在这句突如其来的流露之中，还包含着多少对他本人的蔑视；于是，他竟把玛丽亚·德米特里耶夫娜平时对待他的那一番深情厚谊、她请他吃的饭和借给他的钱，统统忘在脑后，他（这个可怜虫！）居然带着同样的微笑，用同样的声调说："我想是这样"，甚至不是："我想是这样"（Je crois bien），而是——"我想！"（J'crois ben！）①。

瓦尔瓦拉·帕夫洛夫娜亲切地瞟了他一眼，站起身来。丽莎进来了。马尔法·季莫费耶夫娜怎么都拦不住她：她决心要把这考验忍受到底。瓦尔瓦拉·帕夫洛夫娜和潘申一同迎了上去，潘申的脸上又露出原来那副外交家的表情。

---

① 潘申的法语说得不准确。

"您好些吗?"他问丽莎。

"现在我好些了,谢谢您。"她回答说。

"我们在这儿弄了一会儿音乐;可惜您没有听到瓦尔瓦拉·帕夫洛夫娜唱歌。她唱得好极了,像一位技艺精湛的艺术家。"

"到这儿来,我亲爱的。"响起玛丽亚·德米特里耶夫娜的声音。

瓦尔瓦拉·帕夫洛夫娜立刻像孩子那样乖乖地走到她跟前,在她脚边的一张小凳上坐下。玛丽亚·德米特里耶夫娜叫她过来,是为了让自己的女儿可以单独和潘申在一块儿,哪怕是片刻也好:她暗中仍然希望女儿能回心转意。此外,她头脑里想出了一个主意,她一定要马上说出来。

"您知道,"她小声对瓦尔瓦拉·帕夫洛夫娜说,"我想设法给你们夫妇和解;我不敢保证一定成功,可是我想试试。您知道,他很尊重我。"

瓦尔瓦拉·帕夫洛夫娜缓慢地抬起眼睛望着玛丽亚·德米特里耶夫娜,姿势优美地叠起双手。

"那您就是我的救命恩人了,我的姑姑,"她用忧伤的声音说,"我真不知道怎样来感谢您对我的种种体贴关怀;可是我太对不起费奥多尔·伊万内奇了；他是不会宽恕我的。"

"可是难道您……真的……"玛丽亚·德米特里耶夫娜好奇地开口要问……

"请别问我啦，"瓦尔瓦拉·帕夫洛夫娜打断了她，低下头去，"那时我年轻，糊涂……不过，我并不想为自己开脱。"

"好吧，不管如何，何不试试呢？别那么想不开。"玛丽亚·德米特里耶夫娜说，想拍拍她的腮，可是瞧了瞧她的脸，却不敢去拍。"她谦虚尽管谦虚，"她心里想，"不过的的确确是一头牝狮。"

"您病了吗？"这时候，潘申在问丽莎。

"是的，我不舒服。"

"我了解您，"沉默了好一会儿，他犹豫地说，"是的，我了解您。"

"您说什么？"

"我了解您。"潘申煞有介事地重复说，他实在不知道说什么好。

丽莎有些窘，可是继而一想："随他去吧！"潘申摆出一副令人莫测高深的样子默不作声，神情严厉地望着一旁。

"好像已经敲过十一点了。"玛丽亚·德米特里耶夫娜说。

客人们懂得这个暗示,开始告辞。瓦尔瓦拉·帕夫洛夫娜答应了第二天来吃午饭,并且把阿达带来。格杰奥诺夫斯基坐在角落里差一点儿睡着了,这时他自告奋勇要送她回家。潘申态度庄严地向大家鞠躬告辞,在台阶上搀扶瓦尔瓦拉·帕夫洛夫娜上车的时候,紧握了她的手,跟在马车后面叫道:"再见!"格杰奥诺夫斯基坐在她旁边;一路上她都在拿他逗乐,仿佛不是故意地把自己的鞋尖放到他的脚上;他觉得很窘,不断地恭维她;她吃吃地笑着,遇到路灯射进马车的时候,就向他送秋波。她自己刚弹过的那首华尔兹在她的头脑里鸣响,使她激动。她无论在什么地方,只要在想象中显现出灯火、舞厅,伴着悠扬的音乐婆娑起舞——她的灵魂就会燃烧起来,目光变得异样地迷茫,唇边漾着微笑,一种优雅而又狂热的激情就会传遍她的整个肢体。到家的时候,瓦尔瓦拉·帕夫洛夫娜轻捷地从马车上一跃而下,——只有牝狮才会这样跳法——转过脸来对着格杰奥诺夫斯基,突然直冲着他哈哈大笑,发出银铃般的笑声。

"这个小娘儿们真惹人喜爱。"这位五级文官在回寓所的路上想道,家里,他的仆人正拿着一瓶肥皂樟脑擦剂①在等候他。"幸好我是个规矩人……可是,她笑些什么呀?"

马尔法·季莫费耶夫娜整夜守在丽莎的床头边。

---

① 当时著名的医治风湿病的油膏。

41

拉夫列茨基在瓦西里耶夫斯科耶村过了一天半,他几乎一直在四郊踯躅。他不能在一个地方久待:他苦闷不堪;他尝受着一阵阵无休止的、急遽而无力的痛苦。他回忆起他抵达乡间的第二天控制着他心灵的那种感情;回忆起自己当时的打算,不禁对自己产生了强烈的愤懑。是什么强使他抛开被他认为是自己的天职,是自己的未来的唯一任务呢?是对幸福的渴望——又是那对幸福的渴望!"看来,米哈列维奇说得对。"他想道。"你还想再次尝到人生的幸福,"他自言自语说,"你忘了:幸福来光顾一个人,哪怕只有一次,也是莫大的奢侈,是不配得到的恩赐。你会说,你的幸福并不完美,它是虚假的;可是你又有什么权利要求完美的、真实的幸福呢!你看看你的周围吧,有谁是幸福的,又有谁在享受自己生活的乐趣?那边有个农民下地去收割;也许他对自己的命运感到满意……怎么样,你愿不愿意和他对换一下?想想你自己的母亲吧:她对生活的要求是多么微不足道,而她的命运又是什么样的?你对潘申说,你回到俄国是来耕种田地的,看来,这无非是自吹自擂罢了。你这一把年纪,回来了还去追求人家的姑娘。一得到你可以自由的消息,你就扔下一切,把一切都抛在脑后,像男孩子扑蝴蝶似的奔过去……"丽莎的形象不断显现在他的思考之中,他努力驱走这个形象,同时,也赶掉另一个挥之不去的形象,那个沉着而又狡猾,美丽而又可恨的面容。安东老头儿发现主人情绪不好,在门外叹了几口气,走到门口又叹了几口气,终于下决心走到他跟前,劝他喝点儿什么热的。拉夫列茨基对他叫嚷起来,叫他走开,可是后来又请他原谅。这样一来反而使安东格外难过。拉夫列茨基在客厅里待不下去:他觉得,他的曾祖父安德烈从画布上蔑视地瞧着自己的不肖子孙。"咳,你这个没出息的东西!"他那歪在一旁的嘴似乎在说。"难道说,"他想,"我就此不能自拔,为了这点儿……值不得一提的小事就垮了么?"(作战中受了重伤的人总把自己挂了彩说成是"值不得一提的小事"。一个人到了不能自哄自的地步——他在世上就活不下去了。)"难道说，我真是个无用的孩子？是啊：终生幸福的可能性就在眼前，几乎已经抓在手里，可是它却忽然消失了；就像赌轮盘赌一样，只消把轮子再转过一点，一个穷汉也许就会变成富家翁。不行就不行吧——算啦。我要咬紧牙关，干我的事业，强迫自己沉默；好在我又不是第一次使自己振作起来。我为什么要逃避，我干吗要坐在这里，像鸵鸟似的把脑袋钻在灌木丛里？不敢正视不幸——这是胡说！""喂，安东！"他大声叫道，"叫人马上给备车。"他又想道："应该让自己沉默，应该狠狠地管好自己……"

拉夫列茨基就这样苦苦思索，想以此来排除心头的痛苦，但是他的痛苦实在是太深、太强烈了，就连那老得有些糊涂，但更是老得感情麻木的阿普拉克谢娅，看着他坐上马车进城去的时候，都连连摇头，伤心地目送着他。马儿奔驰着，他挺直身子端坐着，呆呆地望着前面的道路。

42

丽莎前一天写信给拉夫列茨基,让他晚上到她们家去,但是他先回到自己的寓所。他发现妻子和女儿都不在家;他问了仆人,知道她带着女儿往卡利京家去了。听了这话,他又是震惊,又是怒火中烧。"显然,瓦尔瓦拉·帕夫洛夫娜是成心不让我活。"他想,心里的怒火翻腾着。他开始走来走去,不断地把挡住他去路的儿童玩具啦、书本啦、妇女用品啦,统统推开踢开;他唤来茹斯京,要她把这些"垃圾"统统拿掉。"好,先生。"她矫揉造作地说,优美地弯下身子,开始收拾房间;她的每一个动作都让拉夫列茨基感到,她只是把他当做一头粗野的狗熊。他恨恨地望着她那因为生活放荡而色衰的、然而还不失其"妖艳"的、带着嘲弄的巴黎人的面孔,望着她的白罩袖、绸围裙和轻便的包发帽。他终于打发她走了，踌躇了很久（瓦尔瓦拉·帕夫洛夫娜还是没有回来），才决定到卡利京家去——不是去看玛丽亚·德米特里耶夫娜（他决不会走进她的客厅，他的妻子所待的客厅），而是去看马尔法·季莫费耶夫娜；他记得，有一条供女仆上下的后楼梯直通她那里。拉夫列茨基就这样做了。真是凑巧，他在院子里遇到舒罗奇卡，她就领他到马尔法·季莫费耶夫娜那里去。他看到她一反她的习惯，独自坐在房间的角落里，没有戴帽子，弓着腰，双手交叠在胸前。一看见拉夫列茨基，老妇人顿时惊慌起来，她急忙站起来，开始在屋子里乱转，好像在找自己的包发帽。

"啊，是你，你来啦，"她说，避开他的目光，又忙乱起来，"唔，你好。喂，怎么样？怎么办？昨天你在哪儿？嗯，她回来啦，是啊。嗯，好歹总得……想个办法。"

拉夫列茨基在椅子上坐下。

"嗳，坐吧，坐吧。"老妇人接着说，"你是直接上楼的吗？唔，是啊，当然是的。怎么样？你是来看我的？谢谢。"

老妇人沉默了；拉夫列茨基不知道对她说什么好，但是她却明白他的来意。

"丽莎……是啊，丽莎刚才在这儿来着，"马尔法·季莫费耶夫娜继续说，把手提包上的带子一会儿系好，一会儿又解开，"她不太舒服。舒罗奇卡，你在哪儿？到这儿来，我的妈，你怎么就坐不住？我也是头疼。准是被那些唱歌呀，音乐呀给吵的。"

"什么唱歌呀，姑姑？"

"你还不知道；他们在这儿，你们叫什么来着，唱什么二重唱。满口意大利话：唧唧喳喳，活像两只喜鹊。开始唱出那些音调，简直叫人难受死了。这个潘申，还有你们那一位。一下子就混熟了：完全像亲戚一样，熟得一点儿规矩都不讲了。可是，俗话说：哪怕是一条狗——好歹也要找个安身的所在；只要人家不把它撵走，它总不会死在外面。"

"老实说，这是我再也没有料到的，"拉夫列茨基说，"这可需要有很大的勇气啊！"

"不，我的宝贝，这不是勇气，这是有用意的。得啦，别说她啦。听说，你让她去拉夫里基，是吗？"

"是的，我要把那个庄园给瓦尔瓦拉·帕夫洛夫娜使用。"

"她要钱了吗？"

"目前还没有。"

"唔，用不了多久就会开口的。我刚才仔细瞧了瞧你。你身体好吗？"

"好。"

"舒罗奇卡，"马尔法·季莫费耶夫娜突然叫道，"你去告诉丽莎维塔·米哈伊洛夫娜，——我是叫你去问问她……她不是在楼下吗？"

"是在楼下，您哪。"

"嗯，那好；你去问问她：她把我的书放到哪儿去啦？她是知道的。"

"是，您哪。"

老妇人又忙乱起来，把五斗橱的抽屉一个个地打开。拉夫列茨基坐在椅子上动也不动。

忽然，楼梯上传来轻轻的脚步声——接着，丽莎走了进来。

拉夫列茨基站起来，向她一鞠躬；丽莎在门口站住。

"丽莎，丽佐奇卡①，"马尔法·季莫费耶夫娜慌慌张张地说，"你把我的书，把我的书放到哪儿去啦？"

---

① 丽佐奇卡也是叶丽莎维塔的爱称。

"什么书呀，姑奶奶？"

"就是那本书，我的天哪！可是，我并没有叫你……唔，反正一样。你们在楼下做什么来着？你看，费奥多尔·伊万内奇来了。你的头怎么样？"

"没有什么。"

"你老说：'没有什么'，你们在楼下干什么，又是音乐？"

"不，——他们在玩牌。"

"是啊，她可真是样样都在行。舒罗奇卡，我瞧你是想到花园里去玩。去吧。"

"我没有，马尔法·季莫费耶夫娜……"

"别跟我顶嘴，去吧。纳斯塔西娅·卡尔波夫娜一个人到花园里去了：你去陪陪她。要尊敬老年人。"舒罗奇卡出去了。"我的帽子到哪儿去啦？真的，它弄到哪儿去啦？"

"让我去找找看。"丽莎说。

"坐着，坐着；我自己的腿还能走动。它大概是在我的卧室里。"

马尔法·季莫费耶夫娜低着头瞅了拉夫列茨基一眼，就走了出去。她本来让门敞着，可是突然又回来把门带上。

丽莎靠在椅背上，默默地抬起手来捂住脸；拉夫列茨基还站在原来的地方。

"我们就应该在这样的情况下见面。"他终于说。

丽莎把捂在脸上的手放下来。

"是的,"她低声说,"我们的惩罚来得真快。"

"惩罚,"拉夫列茨基说,"您为什么要受到惩罚呢?"

丽莎抬起眼来望着他。眼睛里流露出来的既不是痛苦,也不是惊慌:眼睛似乎变小了,黯淡了。她的脸是苍白的,微张的嘴唇也没有血色。

拉夫列茨基的心颤抖了,由于怜惜,也由于爱。

"你在信里对我说:一切都完了,"他低声说,"是啊,一切都完了——在没有开始之前。"

"这一切都应该忘掉,"丽莎说,"您来了,我很高兴;我本来想给您写信,可是这样更好。不过要尽快利用这几分钟的时间。我们两人都要履行自己的义务。您,费奥多尔·伊万内奇,应该跟您的妻子和解。"

"丽莎!"

"我请求您这么做;只有这样才能弥补……过去的一切。您考虑一下——不要拒绝我。"

"丽莎,看上帝的分上,您要求的事是办不到的。您无论命令我做什么,我都情愿去做;但是现在跟她和解!……我什么都可以同意,我把一切都忘掉了,可是我却不能做违背良心的事……别这么说,这是残酷的!"

"我并没有要求您去做……像您所说的那样;如果您做不到,就不要跟她共同生活;但是和解吧,"丽莎说着又用一只手捂住眼睛,"想想您的小女儿;请为我这样做吧。"

"好,"拉夫列茨基咬着牙说,"就算我这样做;我这样做算是履行自己的义务。唔,那么您——您的义务是什么呢?"

"这我知道。"

拉夫列茨基猛地一颤。

"您总不至于准备跟潘申结婚吧?"他问。

丽莎几乎看不出地微笑了一笑。

"啊,不会的!"她低声说。

"啊,丽莎,丽莎!"拉夫列茨基叫道,"我们本来是可以多么幸福啊!"

丽莎又看了他一眼。

"现在您自己可以看到,费奥多尔·伊万内奇,幸福是由不得我们,而是由上帝做主的。"

"是的，因为您……"

隔壁房间的门很快地打开，马尔法·季莫费耶夫娜手里拿着包发帽走进来。

"好不容易找到了，"她说，站在拉夫列茨基和丽莎中间，"明明是我自己放的。这就叫人老了，真该死！可是话又说回来，年纪轻也不见得好些。怎么，你自己陪你妻子去拉夫里基吗？"她转脸对着费奥多尔·伊万内奇，又说。

"陪她去拉夫里基？我？我不知道。"他停了一会儿，说。

"你到楼下去吗？"

"今天不去了。"

"唔，好吧，随你的便；可是你，丽莎，我想，该下去了。啊，我的天，我连给灰雀喂食都给忘了。你待一会儿，我马上就……"

于是，马尔法·季莫费耶夫娜帽子也不戴，又跑了出去。

拉夫列茨基很快走到丽莎身边。

"丽莎，"他用恳求的声音开始说，"我们要永别了，我的心碎了，——在这分别的时刻，把您的手给我吧。"

丽莎抬起头来。她的疲倦的、几乎是黯淡无光的眼睛凝视着他……

"不,"她说,把已经伸出去的手又缩了回去,"不,拉夫列茨基(她是第一次这样称呼他①),我不能把手给您。何必呢?走吧,我请求您。您知道,我是爱您的……是的,我爱您,"她费力地又说,"可是,不……不。"

她便用手帕捂住自己的嘴。

"至少把这块手帕给我吧。"

门呀地响起来……手帕滑到丽莎的膝上。拉夫列茨基不等它落到地上,就把它抓住,迅速地塞进口袋里,他转过头来,正好和马尔法·季莫费耶夫娜的目光相遇。

"丽佐奇卡,我觉得,好像你妈妈在叫你。"老妇人说。

丽莎马上站起身来,走了。

马尔法·季莫费耶夫娜又在自己的角落里坐下。拉夫列茨基正要向她告辞。

"费佳。"她突然说。

"什么事,姑姑?"

"你是个诚实的人吗?"

"怎么?"

---

① 俄俗,单称姓表示疏远。

"我问你,你是不是个诚实的人?"

"我希望,是。"

"嗯,那你要向我保证,你是个诚实的人。"

"好吧。不过这是为了什么?"

"我自然知道是为了什么。你啊,我的亲人,其实你并不笨,你要是好好地想想,你自己就会明白,我为什么要这样问你。可是,现在,我亲爱的,就再见吧。谢谢你来看我;你说过的话你可要记住,费佳,来吻吻我。啊,我的心肝,我知道,你心里很痛苦;可是大伙也并不轻松。我以前常常羡慕苍蝇:于是我就想,它们在世界上活得好快活;可是,有一回夜里我听见,一只苍蝇在蜘蛛的爪子下哀鸣,——我这才想,不,它们也要遇到灾祸。有什么办法呢,费佳;不过你答应过的话可千万要记牢。走吧。"

拉夫列茨基从后楼梯出去,已经快走到大门口……一个仆人追了上来。

"玛丽亚·德米特里耶夫娜叫我请您上她那儿去。"他向拉夫列茨基禀告说。

"你对她说,小兄弟,我现在不能去……"费奥多尔·伊万内奇刚开始说。

"她老人家吩咐我特地来请您,"仆人接着说,"她老人家叫我说,就她老人家一个人。"

"客人都走了吗?"拉夫列茨基问。

"正是,您哪。"仆人说,咧开嘴笑了。

拉夫列茨基耸了耸肩膀,跟着他去了。

43

玛丽亚·德米特里耶夫娜独自坐在她书房里的一张高背手圈椅上,在嗅花露水,她旁边的小桌上放着一杯香橙花水。她神情激动,而且似乎有些胆怯。

拉夫列茨基走了进来。

"您要见我?"他冷冷地鞠着躬,说。

"是的。"玛丽亚·德米特里耶夫娜说,啜了一口水,"我听说,您直接到姑姑那儿去了;我叫人请您来,因为我有话要跟您谈。请坐。"玛丽亚·德米特里耶夫娜透了口气。"您知道,"她接着说,"您的妻子来过。"

"这我知道。"拉夫列茨基说。

"是啊,我想说的是:她到我这儿来过,我也接待了她。现在我要把这件事跟您解释一下,费奥多尔·伊万内奇。

感谢上帝,我可以说,我总算能受到大家的尊敬,我决不会做出有失体统的事情来。虽然我预见到,这件事会让您不高兴,可是我下不了决心拒绝她,费奥多尔·伊万内奇;由于您的关系,她是我的亲戚:您替我设身处地想一想,我有什么权利不让她进门呢,——您同意我的说法吗?"

"您大可不必感到不安,玛丽亚·德米特里耶夫娜,"拉夫列茨基说,"您做得很得体;我一点儿没有生气。我根本没有意思要剥夺瓦尔瓦拉·帕夫洛夫娜拜会亲友的机会;今天我所以没有来看您,无非是因为我不想遇到她,——一点儿没有别的意思。"

"啊,听您这么一说,我真是高兴,费奥多尔·伊万内奇,"玛丽亚·德米特里耶夫娜叫了起来,"不过,我一向认为您的感情是那么高尚,您是会这样做的。至于说我感到不安——这也并不奇怪:我是个女人,又是个做母亲的。至于您的太太……当然,您和她谁是谁非,我无法判断——我对她本人也是这么说的,可是,她是一位极为和蔼可亲的夫人,跟她在一起,只会感到愉快。"

拉夫列茨基冷笑了一声,摆弄着自己的帽子。

"我还要对您说,费奥多尔·伊万内奇,"玛丽亚·德米特里耶夫娜稍微挨近他一些,继续说,"可惜您没有看见,她的态度是多么谦逊,多么恭恭敬敬!真的,这简直叫人感动。可惜您没有听到,她是怎样说到您的!她说,'我实在太对不住他了。'她说,'我真是有眼无珠,不识得他的优点。'她说,'他真是个天使,不是凡人。'真的,她就是这么说的:'是一个天使。'她是又悔又恨……我,真的,从来没有见过这样痛心疾首的悔恨!"

"那么,玛丽亚·德米特里耶夫娜,"拉夫列茨基说,"恕我好奇打听一声:听说,瓦尔瓦拉·帕夫洛夫娜在您这儿唱歌来着;她是在悔恨的时候唱歌的呢,还是怎么的?……"

"咳,您怎么好意思说出这种话来!她唱歌啦,弹琴啦,不过是让我开心,因为我拼命地求她,差不多是命令她。我看她很痛苦,痛苦得厉害,所以我想让她解解闷,——而且,我也听人家说过,她的才华超群!得啦,费奥多尔·伊万内奇,她完全被悲伤压倒了,不信您可以问谢尔盖·彼得罗维奇;她真是伤心透顶,完完全全,您怎么能这样说她?"

拉夫列茨基只是耸耸肩膀。

"再说,你们的那个阿多奇卡真是个小天使,多么迷人!——她是多么漂亮,多么聪明啊;法语说得多好,俄语也懂,还管我叫'姨'呢。要说怕生,像她那么大的孩子,差不多没有一个不怕生的,——可是她一点儿也不。她长得跟您像极了,费奥多尔·伊万内奇。眼睛、眉毛,跟您一模一样。老实说,像这么大的娃娃,我是不大喜欢的;可是您的小女儿啊,真叫人心疼。"

"玛丽亚·德米特里耶夫娜,"拉夫列茨基突然说,"请容许我问问您,您跟我说上这一大套是为了什么?"

"为了什么?"玛丽亚·德米特里耶夫娜又嗅了嗅花露水,啜了点儿水,"我说这些是为了,费奥多尔·伊万内奇⋯⋯我总算是您的亲戚,因此对你们十分关切⋯⋯我知道,您的心眼最好。您听我说,我的表弟,我总算是一个有经验的女人,不会随便乱说:饶恕她,饶恕您的妻子吧。"玛丽亚·德米特里耶夫娜的眼睛里突然充满了泪水,"您想想看:年轻,没有经验⋯⋯嗯,也许,看了坏的榜样;又没有一个指她走上正路的母亲。饶恕她吧,费奥多尔·伊万内奇,她受的惩罚已经够了。"

眼泪顺着玛丽亚·德米特里耶夫娜的面颊滴下来;她

也不去擦它：她是喜欢流泪的。拉夫列茨基如坐针毡。"我的天哪，"他想，"这是受的什么罪，我今天怎么这么倒霉！"

"您不回答，"玛丽亚·德米特里耶夫娜又开口了，"那叫我怎么理解您呢？难道您就能这么狠心？不，这我不相信。我觉得，我的话已经打动了您，费奥多尔·伊万内奇，为了您的心地好，上帝会奖赏您的，现在，您就从我手里把您的妻子领回去吧……"

拉夫列茨基身不由己地从椅子上站起来；玛丽亚·德米特里耶夫娜也站了起来，动作麻利地走到屏风后面，把瓦尔瓦拉·帕夫洛夫娜带了出来。她面色苍白，半死不活，双目低垂，似乎放弃了自己的任何想法，任何意志——把自己整个儿交给玛丽亚·德米特里耶夫娜，听凭她支配了。

拉夫列茨基后退了一步。

"原来您在这里！"他叫了起来。

"不要责怪她，"玛丽亚·德米特里耶夫娜急忙说，"她说什么也不肯留下来，可是我命令她留下，叫她坐在屏风后面的。她一再对我说，这样一定会使您格外生气；她的话我连听也不要听；我比她更了解您。来，从我手里把您的妻子领回去；来呀，瓦里娅，不要害怕，跪在您的丈夫面前（她拉拉她的手），接受我的祝福……"

"等一等，玛丽亚·德米特里耶夫娜，"拉夫列茨基打断了她，他的声音喑哑然而令人震惊，"您好像喜欢这种赚人眼泪的场面（拉夫列茨基没有说错：玛丽亚·德米特里耶夫娜从在贵族女子中学起，就一直酷爱戏剧性的场面）；您觉得挺有趣，可是别人看了是活受罪。但是，我不打算跟您谈，在这场戏里您不是主角。您要我做些什么呢，夫人？"他转身对着妻子，又加了一句，"我对您不是尽力而为了吗？您不必告诉我，这次会面不是您想出来的花招；我不相信您，——您也知道，我无法相信您。您究竟还要什么呢？您是个聪明人，——没有目的的事情您是不会做的。您应该明白，要我像从前那样和您一同生活，我办不到；这并不是因为我在生您的气，而是因为我这个人已经完全变了。这话在您回来的第二天我就对您说过，此时此刻，您自己心里也会同意我的说法。可是您还希望在大伙的心目中恢复自己的地位；您住在我的家里还嫌不够，您还要和我住在一个屋顶底下——这是不是真的？"

"我希望，您能饶恕我。"瓦尔瓦拉·帕夫洛夫娜没有抬起眼睛，说。

"她希望您饶恕她。"玛丽亚·德米特里耶夫娜重复她的话。

"不是为了我自己,是为了阿达。"瓦尔瓦拉·帕夫洛夫娜低声说。

"不是为了她,是为了你们的阿达。"玛丽亚·德米特里耶夫娜又重复了她的话。

"很好。您要的就是这个?"拉夫列茨基费劲地说,"行啊,这我也答应。"

瓦尔瓦拉·帕夫洛夫娜迅速地扫了他一眼,玛丽亚·德米特里耶夫娜却欢呼道:"好啊,谢天谢地!"说了又去拉着瓦尔瓦拉·帕夫洛夫娜的手,"现在从我手里把……"

"等一等,我要对您说,"拉夫列茨基打断了她的话,"我同意和您一起生活,瓦尔瓦拉·帕夫洛夫娜,"他继续说,"就是说,我把您送往拉夫里基,尽我的力量所能忍受的和您住在一起,然后我要离开——有时再回来看看。您可以看到,我不愿意骗您;不过您不要再提什么要求了。假如我满足我们尊敬的亲戚的愿望,把您搂在怀里,对您说什么……过去的事不曾发生过,砍倒的树又会开花,您自己听了也会觉得好笑。可是我明白:我只好屈服。您对这句话如果不是这样理解……那也无所谓。我再说一遍，我是否能和您生活在一起……这我不能作出承诺。我可以跟您在一起，重新承认您是我的妻子……"

"那么您至少要给她一个保证吧。"玛丽亚·德米特里耶夫娜说，她的眼泪早已干了。

"到目前为止，我没有欺骗过瓦尔瓦拉·帕夫洛夫娜，不用保证她也会相信我。我送她去拉夫里基，不过您要记住，瓦尔瓦拉·帕夫洛夫娜，只要您离开那里，我们之间的协定就作废了。现在，请让我走吧。"

他向两位太太一鞠躬，就匆匆地走了出去。

"您不带她走吗？"玛丽亚·德米特里耶夫娜在他后面叫道……

"随他去吧。"瓦尔瓦拉·帕夫洛夫娜轻轻地对她说，就立刻拥抱了她，对她表示感谢，吻她的手，称她做自己的救星。

玛丽亚·德米特里耶夫娜听任她表示亲热，其实心里对拉夫列茨基和瓦尔瓦拉·帕夫洛夫娜，以及对她安排的这整出戏，都不满意。戏演得不够动人心弦。照她的主张，瓦尔瓦拉·帕夫洛夫娜应该跪到丈夫的脚前才是。

"您怎么不明白我的意思？"她说，"我不是对您说：'跪下'。"

"这样更好，亲爱的姑姑；您放心吧，一切都很好。"瓦尔瓦拉·帕夫洛夫娜一再地说。

"可是您没看见吗，他冷得像冰一样？"玛丽亚·德米特里耶夫娜说，"虽说您没有哭，可是我在他面前不知流了多少眼泪。他要把您关在拉夫里基。怎么，您连来看我也不行？男人都是没有感情的。"她下结论说，一面意味深长地摇着头。

"可是，女人总是善于珍视好心和宽宏大量的。"瓦尔瓦拉·帕夫洛夫娜说着，就轻轻地跪在玛丽亚·德米特里耶夫娜的膝前，双手搂着她那肥胖的身体，把脸贴在她身上。这张脸在偷偷地微笑，可是玛丽亚·德米特里耶夫娜却又一次流起泪来。

拉夫列茨基回到家里，把自己关在侍仆的房间里，扑倒在沙发上，这样一直躺到早晨。

44

次日是星期天。教堂早祷的钟声并不是把拉夫列茨基惊醒——他本来就通宵没有合眼，——而是使他想起他曾依照丽莎的愿望到教堂去的另一个星期天。他急忙起来，似乎有一个神秘的声音对他说，他今天也会在教堂里看到她。他悄悄地从家里出来，关照给瓦尔瓦拉·帕夫洛夫娜（她还在睡觉）留话，说他到吃午饭的时候回来，就大步向那单调忧伤的钟声召唤着他的那边走去。他到得很早：教堂里几乎还没有人；执事在唱诗班的席位上念诵祈祷文；他的低沉的声音有节奏地时高时低，有时被他的咳嗽声打断。拉夫列茨基站在离教堂门口不远的地方。信徒们鱼贯而入，站下来画着十字，向四方行礼膜拜；他们的脚步声在空阔和静谧之中发出响声，在教堂的穹顶下清晰地回响着。一个年迈瘦小的老妇人,身穿带风帽的破旧的长衣,跪在拉夫列茨基近旁,热心地祷告着;她那瘪嘴,满是皱纹、蜡黄的脸上流露出虔诚的感动神情,布满血丝的眼睛凝望着圣像壁上的圣像,一只瘦骨嶙峋的手不断从长衣里伸出来,缓慢地、重重地画着宽大的十字。一个胡子浓密、头发凌乱、面色阴沉疲惫的农民走进教堂,他一进来就双膝跪下,立即急忙地画着十字,每叩拜一次就把头向后仰,并且摇晃着头。他的脸上和全部动作里都表现出那样悲痛欲绝的神情,使拉夫列茨基不禁走到他面前,问他发生了什么事。那农民带着吃惊和严峻的神气后退了一步,望了望他……"我的儿子死了。"他急匆匆地说了,又叩拜起来……"对于他们,有什么能代替教堂的安慰呢?"拉夫列茨基想道,自己也试试要祈祷,但是他的心是沉重的,变得冷酷无情了,他的思想离这里很远。他一直在等待丽莎,但是丽莎一直不来。教堂里渐渐挤满了人:还是不见她来。礼拜开始了,执事已经念完福音书,响起了最后祈祷的钟声。拉夫列茨基稍稍向前挪动了一些——就突然看见了丽莎。其实,她比他早来,但他没有发现她;她紧靠在墙壁和唱诗座中间,没有回顾,也不曾移动。直到弥撒结束,拉夫列茨基的眼睛不曾离开过她：他是在和她诀别。人们渐渐散去，她却仍然站着不动，似乎在等拉夫列茨基先走。终于，她最后一次画了十字，毫不回顾地走了，有一个婢女陪着她。拉夫列茨基跟在她后面走出教堂，在街上赶上了她；她走得很快，低着头，面纱遮着脸。

"您好，丽莎维塔·米哈伊洛夫娜，"他大声说，勉强做出很随便的样子，"可以陪您走吗？"

她一言不发；他和她并排走着。

"您对我满意了吗？"他压低声音问她，"昨天的事您听说了吗？"

"是的，是的，"她轻声说，"这样很好。"

说完，她走得更快了。

"您满意吗？"

丽莎只是点了点头。

"费奥多尔·伊万内奇，"她用平静而微弱的声音开始说，"我要请求您一件事：别再上我们家来了，赶快离开吧；我们也许将来还会见面，在一年以后。现在就为我做这件事；看在上帝分上，满足我的请求吧。"

"您的话，我都愿意遵从，丽莎维塔·米哈伊洛夫娜；

但是，我们难道就应该这样分别：难道您连一句话也不对我说么？"

"费奥多尔·伊万内奇，现在您在我身边走着……事实上您已经离我很远、很远了。而且，不只是您一个人，还有……"

"把话说完吧，我请求您！"拉夫列茨基叫起来，"您要说什么？"

"也许，将来您会听到……不过，无论如何，请忘记……不，不要忘记我，记住我吧。"

"要我忘掉您……"

"够了，永别了。不要跟着我。"

"丽莎，"拉夫列茨基开始说……

"永别了，永别了！"她重复说，把面纱拉得更低，几乎是跑着向前去。

拉夫列茨基目送着她，低下头，转身走到街上。他几乎撞在莱姆身上；莱姆把帽子压得低低的，眼睛望着脚下，也在街上走着。

他们互相默默地对视着。

"您要说什么？"拉夫列茨基终于说。

"我要说什么?"莱姆忧郁地说,"我没有什么要说。一切都死了,我们也死了(Alles ist todt, und wir sind todt)。您是往右走吧?"

"往右。"

"可是我往左。再见了。"

*　*　*

第二天早上,费奥多尔·伊万内奇和妻子前往拉夫里基。妻子带着阿达和茹斯京乘前面的一辆马车;他乘后面的一辆旅行马车。那个漂亮的小女孩一路上一直没有离开过马车的窗口;她对一切——农民、民妇、农家的小屋、水井、马轭、马颈上的小铃以及许许多多的白嘴鸦——都感到惊奇;茹斯京也和她一样;瓦尔瓦拉·帕夫洛夫娜听到她们说的话和赞叹,总是笑。她的情绪很好;在离开O市之前,她和丈夫有过一次谈话。

"我明白您的处境,"她对他说,——从她那双聪明的眼睛的神情里,他可以断定,她是完全明白他的处境,"可是,您至少要对我说一句公道话,我这个人是很容易相处的;我不会来缠着您,不会妨碍您的自由;我只要保证阿达的未来；此外我什么都不要。"

"是啊，您的目的已经全都达到了。"费奥多尔·伊万内奇说。

"现在我只有一个愿望：永远隐居在那偏僻的乡间；我要永远记住您待我的好处……"

"唉！够了。"他打断了她的话。

"而且，我也会尊重您的自由和安宁。"她把她准备好的那一套话说完。

拉夫列茨基对她深深地一鞠躬。瓦尔瓦拉·帕夫洛夫娜明白，她的丈夫是从心底里感激她。

第二天傍晚，他们抵达拉夫里基；过了一个星期，拉夫列茨基留给妻子五千卢布做生活费，动身往莫斯科去了。拉夫列茨基离去的第二天，潘申就来了。瓦尔瓦拉·帕夫洛夫娜曾请求他，在她孤独的时候不要忘了她。她对他款待的盛情，可说是无以复加；直到深夜，在邸宅的高敞的房间里以及花园里面，都充溢着音乐声、歌唱声和兴高采烈的法语谈话声。潘申在瓦尔瓦拉·帕夫洛夫娜那里做客一住就是三天；告辞的时候他紧握着她那双美丽的手，答应他很快就会回来——他果然是言而有信。

45

丽莎在她母亲的宅子的二层楼上,有一个单独的小房间,这个房间整洁,明亮,放着一张白色的小床,屋角和窗前放着盆花,还有一张小书桌和一堆书,墙上挂着刻有耶稣受难像的十字架。这间小屋一向叫做儿童室;丽莎是在这里出生的。她在教堂里见到了拉夫列茨基,回家之后,她比平时更加细心地整理了一切,扫除了各处的灰尘,重新检查了自己的笔记和女友们的来信,用丝带把它们缚起来,锁上所有的抽屉,浇了花,用手抚摩了每个花朵。她从容地、毫无声息地做着这一切,脸上带着一种感动的、平静的关切。最后,她在房间当中站下,缓缓地环顾四周,然后走到挂着十字架的桌前,跪了下来,把头放在紧握的手上,就凝然不动了。

马尔法·季莫费耶夫娜走进来的时候,看到她正这样跪着。丽莎没有觉察到她的到来。老妇人又轻手轻脚地走出去,在门外大声咳嗽了几声。丽莎连忙站起来,擦了眼睛,眼睛里还闪烁着不曾流下的晶莹的泪珠。

"我看你又收拾了你的小修道室,"马尔法·季莫费耶夫娜说,低头去闻一盆初放的玫瑰,"啊,真香!"

丽莎若有所思地望了望她的姑奶奶。

"您说的什么词儿呀!"她低语说。

"说什么词儿,说什么词儿?"老妇人迅速地接腔说,"你想说什么呀?这真可怕,"她说,猛地把包发帽一扔,在丽莎的床上坐下,"我实在受不了啦:我心里好像油煎似的,今天已经是第四天啦;我可不能再装做我什么都没有看到了,我不能眼看着你变得这么苍白、消瘦,流着眼泪,我不能,实在不能。"

"您这是怎么啦,姑奶奶?"丽莎说,"我并没有什么……"

"没有什么?"马尔法·季莫费耶夫娜高声说,"这话你对别人去说吧,可别跟我来这一套!没有什么!刚才是谁跪在那里?是谁睫毛上的眼泪还没有干?没有什么!你去瞧瞧你自己,你的脸成了什么样子,你的眼睛又成了什么样啦?——没有什么!难道我还不清楚?"

"这会过去的,姑奶奶,过一阵就好了。"

"会过去,可是哪年哪月才能过去呀?我的老天爷!难道你就这么爱他?丽佐奇卡,要知道他是个老头儿啦。是啊,我不否认,他人好,不会伤害人;可是又有什么呢?我们都是好人;世界大得很,这样的好人永远多的是。"

"我对您说,这一切都会过去,这一切已经过去了。"

"丽佐奇卡,你听我对你说,"马尔法·季莫费耶夫娜突然说,她让丽莎挨着自己在床上坐下,一会儿给她整理一下头发,一会儿整理一下她的围巾,"这是因为你一时想不开,才觉得你的痛苦是没法解决的。唉,我的心肝,只有死才是无药可救!你只要对自己说:'我是不会屈服的,去他的吧!'过后连你自己都会觉得奇怪,这一切是多么快,多么容易就过去了。你只要忍耐一下。"

"姑奶奶,"丽莎说,"它已经过去了,一切都过去了。"

"过去了!什么过去了!你瞧,你的小鼻子都尖了,你还说什么:过去了。'过去'得真不赖啊!"

"是的,过去了,姑奶奶,只要您肯帮我的忙,"丽莎突然兴奋地说，一把搂住马尔法·季莫费耶夫娜的颈脖，"亲爱的姑奶奶，做我的朋友，帮我的忙吧，不要生我的气，理解我……"

"这是怎么回事，怎么回事，我的妈呀？请你别吓唬我，我马上就要叫嚷了，别这样看着我；你快说呀，是怎么回事！"

"我……我要……"丽莎把脸藏在马尔法·季莫费耶夫娜的怀里……"我要进修道院。"她声音喑哑地说。

老妇人猛地从床上跳起来。

"快画个十字，我的妈妈，丽佐奇卡，清醒清醒吧，你这是怎么回事，上帝保佑你，"她终于嘟嘟囔囔地说，"躺下，我的宝贝，稍微睡上一会儿，这都是因为你缺少睡眠，我的宝贝。"

丽莎抬起头来，她的腮通红。

"不，姑奶奶，"她说，"别那么说，我已经下了决心，我祷告过，我请求上帝给我指示；一切都完了，我跟你们在一起的生活也完了。给我这样的教训不是平白无故的；而且这我也不是头一次想到。幸福与我无缘，就是在我希望得到幸福的时候，我的心也总是痛苦的。我自己的罪孽，别人的罪孽,还有爸爸是怎样挣来我们这份家业——我统统知道;我都知道。这些都需要用祈祷,用祈祷来求得赦免。我舍不得您,舍不得妈妈和连诺奇卡,可是没有办法;我觉得,我不该在这里生活;我已经跟一切,跟家里的一切都告别了。好像有什么在召唤着我;我心里难受,我要永远与世隔绝。别阻拦我,别劝阻我,帮帮我的忙,要不,我就自己走掉……"

马尔法·季莫费耶夫娜恐怖地听着侄孙女的话。

"她病了,她在说胡话,"她想道,"得请个医生来瞧瞧,可是,请谁呢?格杰奥诺夫斯基前些时曾说过有一个什么好医生;他净爱瞎说——没准这一回说得对呢。"可是,后来她确信丽莎并没有病,也不是说胡话。不管她怎样反驳她,丽莎总是只有一个答复,这可把马尔法·季莫费耶夫娜吓坏了,使她真的伤心起来。

"可是,你不知道,我的宝贝,"她开始劝说她,"修道院里过的是什么样的生活!我的亲人,她们会给你吃青的麻籽油,会给你穿老粗布的衣裳,大冷天叫你到外边去;这些你哪里受得了啊,丽佐奇卡。这都是阿加菲娅教给你的好榜样;是她把你教糊涂了。可是她年轻的时候曾过过

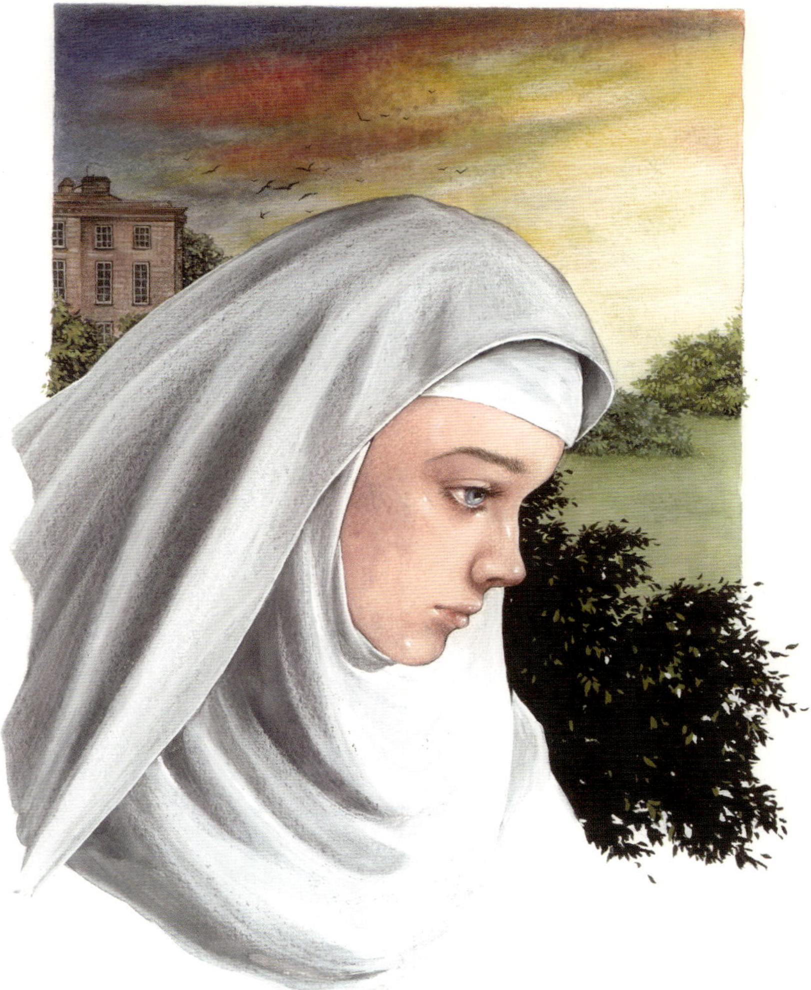

好日子，享过福，你也该好好地生活呀。至少让我安心地死去，等我两眼一闭，随你爱怎么样都行。为了那么个山羊胡子，上帝原谅，为了一个男人要进修道院，这种事有谁见过？你要真是那么难受，你就去朝朝圣，祷告祷告，做做法事，可千万别把那黑纱戴到头上，我的爹啊，我的妈呀……"

说着，马尔法·季莫费耶夫娜就痛哭起来。

丽莎安慰她，替她擦眼泪，自己也哭了，可是决心却毫不改变。马尔法·季莫费耶夫娜实在没有办法，试图用威胁的办法：说要把一切都告诉她的母亲……然而这也不起作用。只是由于老妇人的苦苦哀求，丽莎才答应推迟半年实行自己的计划，不过要马尔法·季莫费耶夫娜答应她，假如六个月后丽莎没有改变决心，她就得帮助她，设法为她取得玛丽亚·德米特里耶夫娜的同意。

* * *

随着初寒的到来，瓦尔瓦拉·帕夫洛夫娜攒足了钱，不顾自己要隐居乡间的诺言，迁居到彼得堡去了。她在那里租下了一套并不豪华然而精致的公寓。这是比她早离开

O市的潘申替她找到的。潘申逗留在O市的后期，他完全失去了玛丽亚·德米特里耶夫娜的欢心；他突然停止对她的访问，几乎没有离开过拉夫里基。瓦尔瓦拉·帕夫洛夫娜使他变成了她的奴隶，正是使他变成了她的奴隶：再也没有别的言语可以形容她对他的无限的、无偿的、不可抗拒的权力。

拉夫列茨基在莫斯科过了冬天，第二年，春天他得到消息，丽莎进了俄国最边远地区的 Б ①修道院做了修女。

---

① 俄文字母，发音类似英文字母"B"。——编者注

尾声

八个年头过去了。春天又来临了……我们先把米哈列维奇、潘申和拉夫列茨基夫人的命运交代几句，——然后就和他们告别了。米哈列维奇经过长期的漂泊，终于找到了他真正的事业：他在一所公立学校里得到学监长的位置。他对自己的命运极为满意，他的学生们"崇拜"他，虽然也摹仿他那可笑的样子。潘申在仕途中青云直上，已经有希望可以当上司长；他的背已经有些弯，大概是因为他脖子上挂的弗拉基米尔十字勋章太重，使他的身体要向前倾。他身上的官气决定性地压倒了艺术家的气质；他的仍然年轻的脸变黄了，头发也稀疏了，他已经不再唱歌，不再绘画，但是私下仍旧从事文学工作:他写了一个类似"警世剧"的小喜剧。既然时下的作家一定要在作品里"描绘"某一个人或是某一件事,所以他在自己的小喜剧里也描写了一位风骚的女人,并且秘密地把它向两三位赏识他的太太们朗读。然而,他却没有结婚,虽然有过多次结婚的良机:这一点,瓦尔瓦拉·帕夫洛夫娜是推卸不了责任的。至于她,她仍旧常住在巴黎:费奥多尔·伊万内奇给了她一张支票买得自己的自由,以免受到她再次的突然袭击。她见老了,也发胖了,不过风韵犹存。每个人都有自己的理想;瓦尔瓦拉·帕夫洛夫娜是在小仲马先生的剧作里找到了自己的理想。她不惮烦劳地上剧院,观看那里舞台上的肺病缠身、多愁善感的茶花女;如果能成为多什夫人①,那就是她一生无上的幸福了。有一次她宣称:如果她的女儿能有那样的福分,她也就不抱别的奢望了。我们应该企望,命运可千万别赐给阿达小姐这样的幸福:她原来是一个面色红润的胖娃娃,现在已经变成了一个弱肺的、苍白的姑娘;她神经衰弱。瓦尔瓦拉·帕夫洛夫娜的崇拜者逐渐减少,然而却没有绝迹;其中有几个她大概可以保持到她生命的结

---

① 多什夫人(1823—1900),法国女演员,以演小仲马的《茶花女》中的玛格丽塔著名。

束。最近，这里面最热烈的是一个叫扎库尔达洛－斯库贝尔尼科夫的退伍的近卫军官，此人大约三十八岁，体格健壮异常。拉夫列茨基夫人的沙龙里的法国客人都称他"乌克兰的大犍牛"；瓦尔瓦拉·帕夫洛夫娜从不邀请他参加她为上流社会人士举行的晚会，但他却充分享有她的宠爱。

就这样……八个年头过去了。从天上又飘下明媚的幸福的春光，春光向大地和人们微笑；在春光的爱抚下，万物又欣欣向荣，又恋爱和歌唱了。这八年里，O市的变化不大；玛丽亚·德米特里耶夫娜的屋子似乎反而变得年轻了：它那粉刷一新的粉墙亲切地迎人，被夕照映红了的敞开的玻璃窗闪闪发光；从这些窗户里，传出阵阵欢快的、银铃般的青春的声音和不断的欢笑；整个屋子似乎都沸腾着生命，洋溢着欢乐。屋子的女主人早已长眠地下：玛丽亚·德米特里耶夫娜在丽莎出家后两年就去世了；马尔法·季莫费耶夫娜也没有比她的侄女多活多久；她们并排长眠在市内的墓地里。纳斯塔西娅·卡尔波夫娜也不在人世了。几年里面，这位忠心的老妇人每星期必到她老友的坟上凭吊一番……时辰到了，她的遗骨也入了黄土。但是玛丽亚·德米特里耶夫娜的房子并没有落到外姓人的手里，仍为他们家族所有，老巢依然无恙：连诺奇卡出落成一个窈窕美丽的少女；她的未婚夫是一个淡黄头发的骠骑兵军官；玛丽亚·德米特里叶夫娜的儿子刚在彼得堡结婚，偕同年轻的妻子来Ｏ市共度春光；他的妻妹是一个双颊红润、眼睛明亮的十六岁的女学生；还有舒罗奇卡，也长大了，变得俊俏了——就是这些年轻人发出的欢声笑语震响了卡利京家的四壁。家中的一切都改变了，一切都变得和新主人们的调子相适应。年轻无须、爱说笑打趣的年轻仆人，代替了昔日古板的老仆。从前，养肥了的罗斯卡大摇大摆的地方，有两只猎犬在那儿发疯似的乱跑，在沙发上乱蹦乱跳；马厩里养着精壮的小走马、剽悍的辕马，鬃毛编起来的、勤快的拉套的马，还有顿河产的坐骑。一日三餐的时间全打乱了，几乎混在一起；照邻居们的说法："全乱了套。"

在我们要提到的那个傍晚，卡利京家里的人们（他们中间最大的是连诺奇卡的未婚夫，也不过二十四岁）在玩一种并不复杂的游戏，但是根据他们齐声的大笑来判断，他们一定觉得这种游戏非常有趣：他们满屋子乱跑，你抓住我，我抓住你；狗也在乱跑乱叫，挂在窗前笼子里的几只金丝鸟也争先恐后地直着嗓子狂叫，它们那嘹亮的唧唧喳喳的啼声，更增加了室内的喧闹。正当这震耳欲聋的游戏玩得最热闹的时候，一辆满是泥污的旅行马车驶到大门口，一个四十五岁模样、身穿旅行服装的人从车内走下来，惊愕地站下了。他呆呆地站了一会儿，仔细地打量着房屋，然后从边门走进庭院，缓慢地走上台阶。在前厅里没有人迎他，可是客厅的门猛地大开，舒罗奇卡满脸通红，从里面冲了出来，紧跟着，全体年轻人也响亮地大叫着跑了出来。看到一个陌生人，他们突然都停住脚步，不作声了；但是一双双注视着他的发亮的眼睛仍然是那么亲切，一张张容光焕发的脸上仍然带着笑。玛丽亚·德米特里耶夫娜的儿子走到来客面前，亲切地问他有何贵干。

"我是拉夫列茨基。"来客说。

回答他的是大伙齐声的欢呼——这倒不是因为这些青年人对这位远道而来的、几乎被遗忘的亲戚的来临感到特别欣喜，只是因为他们只要一有适当的机会就要发出一阵欢呼和叫嚷。拉夫列茨基马上被团团围住：连诺奇卡作为老相识，第一个报了自己的名字，并且使他相信，只要稍待一会儿，她一定能认出他来，接着便把其余的人都逐一介绍，对每个人，甚至对自己的未婚夫，都叫爱称。这一大群人穿过餐室涌进了客厅。两个房间里的壁纸都换了,但是家具还保持原样;拉夫列茨基认出了那架钢琴;连绣花绷架也放在窗前的老地方——恐怕,像八年前一样,上面仍然是那幅未完成的刺绣。他们请他坐在一张舒适的手圈椅上,大伙规规矩矩地围着他坐下。询问、惊叹、叙说,像雨点似的争先恐后地落了下来。

"我们好久没有看到您啦,"连诺奇卡天真地说,"也没有看到瓦尔瓦拉·帕夫洛夫娜。"

"那自然喽!"她哥哥连忙接过话头,"我把你带到彼得堡去了,可是费奥多尔·伊万内奇一直住在乡下。"

"是啊,从那时起,妈妈也去世了。"

"马尔法·季莫费耶夫娜也不在了。"舒罗奇卡说。

"还有纳斯塔西娅·卡尔波夫娜,"连诺奇卡说,"还有莱姆先生……"

"怎么?莱姆也死了?"拉夫列茨基问。

"是啊,"年轻的卡利京回答说,"他离开这儿去了奥德萨;据说是被一个人骗去的,他就在那儿去世了。"

"您知不知道,他有没有留下什么音乐作品?"

"我不知道;恐怕未必有。"

大家都沉默了，默默地对视了一下。一朵愁云掠过了所有年轻人的脸。

"可是'水手'还活着。"连诺奇卡突然说。

"格杰奥诺夫斯基也活着。"她的哥哥补充说。

一听到格杰奥诺夫斯基的名字，大伙不禁一齐大笑起来。

"是啊，他还活着，还像从前一样爱撒谎，"玛丽亚·德米特里耶夫娜的儿子接着说，"您想想看，这个捣蛋鬼（他指着那个女学生，他的妻妹），昨天把胡椒面撒到他的鼻烟壶里。"

"他就一个劲儿地打喷嚏！"连诺奇卡高声说，——于是又迸出不可抑制的大笑。

"我们不久前得到了丽莎的消息，"年轻的卡利京说，——四下又是一片寂静，"她还好，如今她的健康渐渐有些恢复。"

"她还在那个修道院？"拉夫列茨基有些费劲地说。

"还在那儿。"

"她给你们写信吗？"

"不，从来没有；我们是通过别人得到的消息。"

突然降临了一阵深深的沉默,"一位安静的天使飞过了。"——大家都在想。

"您要不要到花园里去走走?"卡利京对拉夫列茨基说,"现在花园里非常美,虽然我们没有好好地收拾它,有些荒芜了。"

拉夫列茨基来到花园里,他首先看到的就是那条长凳,——在那里他曾和丽莎一同度过幸福的、不可再得的瞬间;长凳已经发黑了,歪斜了,然而他却认出了它,一种无比甜蜜却又无比悲伤的感情霎时间攫住了他的心灵——这是追念已经消逝的青春,追忆一度享有的幸福的深切的哀愁。他和青年人沿着林阴道走去:八年来,菩提树稍微老了一些,长高了一些,树荫也浓密了一些;可是灌木丛都长起来了,覆盆子繁密茂盛,胡桃树却完全枯萎了,处处散发着新枯枝堆、树木、青草和丁香的芳香。

"在这儿玩'抢四角'才好呢,"连诺奇卡走到一小块被菩提树环抱的翠绿的草地上,忽然叫了起来,"我们恰好是五个人。"

"你是把费奥多尔·伊万内奇忘了吧?"她的哥哥提醒她,"还是你没有把自己算进去?"

连诺奇卡微微羞红了脸。

"费奥多尔·伊万内奇这样年纪，难道还会……"她开始说。

"你们请玩吧，"拉夫列茨基连忙接茬儿说，"你们别管我。当我知道，我没有使你们受到拘束，我反而会更高兴。其实，你们不必照顾我，我们这些老年人自有你们还不理解的、任何娱乐也不能代替的乐趣：那就是回忆。"

青年人带着亲切的、有些嘲弄的毕恭毕敬的态度静听着拉夫列茨基，——仿佛在听老师给他们上课，——接着，突然一下子统统从他身边跑开，跑到草地上；四个人站在四角的树旁，一个人站在当中——游戏就开始了。

拉夫列茨基却回到屋子里，走进餐室，走到钢琴旁边，触动了一个琴键：发出了一声微弱然而纯正的声音，使他的心暗暗地战栗起来。很久以前，在那个最幸福的夜晚，莱姆，死去的莱姆，正是用这个音符开始了那一曲充满灵感的旋律，将他带进了无比欣喜的境界。后来，拉夫列茨基走进客厅，在里面久久没有出来。在他以前常和丽莎晤面的这个房间里，她的形影更为真切地浮现在他的眼前；他感到仿佛他的四周到处都有她的存在的痕迹；但是对于

的长凳上坐下，——在这弥足珍惜的地方，面对着那座屋子，他曾最后一次徒然地把双手伸向那盛着泡沫翻动、色彩变幻的金色美酒的宝杯，他，一个孤独的、到处流浪的飘零人，在已经取代了他的年轻一代的传到他耳际的欢笑声中，回顾了自己的一生。他心中充满惆怅，然而并不沉重，也不悲伤。懊悔他是有的，但是问心有愧的事——却没有。"玩吧，欢乐吧，成长吧，青春的力量！"他这样想，在他的沉思中并没有忧伤，"你们的来日方长，你们的生活会比我们的容易：你们不必像我们那样，在黑暗中探索自己的道路、斗争、跌倒了又爬起来；我们苦苦地想方设法要活下来——而我们中间却有多少人没有能活下来！——可是你们只需要做出一番事业，好好地干，我们这些老年人是会祝福你们的。至于我，过了今天这一天，经历了这种种的感受，只有向你们行礼永远告别了，——在生命行将结束，在等待着我的上帝面前，我心中虽然满怀忧伤，却没有妒忌，也没有一丝阴暗的情感，我要说：'欢迎你，孤独的晚年！燃尽吧，无用的生命！'"

拉夫列茨基悄悄地站起来，悄悄地离去，没有人注意他，也没有人挽留他。花园里，从苍翠高大的、像一堵密不透风的围墙似的菩提树后面,传来的欢叫声比先前更响了。他坐上马车,吩咐车夫驱车回家,但是要让马儿慢慢地走。

* * *

"这样就完了吗?"不满足的读者也许要问,"拉夫列茨基后来怎么样了?丽莎又怎么样了?"但是,关于那些仍然活着,然而已经退出尘世舞台的人,有什么好说的,何必再去提起他们?据说,拉夫列茨基去过丽莎遁迹的那所遥远的修道院——还看到了她。她从一个唱诗台走向另一个唱诗台的时候,就紧挨他身边走过。她迈着修女的均匀、急促而又平静的脚步走了过去——并没有望他一眼;只是朝着他这一边的眼睛的睫毛几乎不可觉察地颤抖了一下,她的瘦削的脸更低垂,她那绕着念珠的手指,也互相握得更紧了。他们俩在想什么?有什么感受?谁能知道?又有谁能说得出?生活中有那样的瞬间,那样的感受……对此只能是予以指出,而不能细说。